나중은 영영 안 올지 몰라서

후회 없이 나로 살기 위한
달콤한 여행법

나중은
영영
안 울지
몰라서

글·그림 범유진

저녁달
고양이

떠나는 맛

일하다가 죽을 뻔했다.

뻔하고도 바보 같은 이야기다. 열이 났고, 병원에 갔더니 폐렴이라 했다. 건강에 자신이 있었고, 폐렴쯤 가볍게 낫는 병인 줄 알았다. 회사가 바빠 입원하지 않았고, 쉬지 못했고, 밤에 호흡곤란이 와 응급차에 실려 갔다. 패혈증이 되어 있었다. 응급실에 두 시간 대기하고, 그날 바로 집중치료실에 입원했다. 다닥다닥 붙어 있는 침대 중 하나를 차지하고 누웠다. 열이란 지나치면 뜨거울 뿐만 아니라 고통이 된다는 것을, 그때 처음 알았다.

그렇게 2주를 집중치료실에서 보냈다.

종종 열에 부풀려진 풍선처럼 허공 어딘가를 둥둥 떠 다니는 기분이 들었다. 몸과 정신이 분리된다는 게 이런 것일까 싶은 경험이었다. 그렇게 둥둥 떠 있던 어느 날, 그런 생각을 했다. 지금 내가 죽으면, 내가 모아놓은 돈은 병원비와 장례식 비용이 되겠구나. 그러자 후회가 되었다. 그 돈으로 여행이라도 갔다면 얼마나 좋았을까.

그때까지 나는 한 번도 여행을 간 적이 없었다.

여행에 흥미가 없거나, 싫어했던 게 아니었다. 여행 관련 프로그램을 꼬박꼬박 챙겨봤고, 가지도 않을 나라의 여행 안내서를 사서 읽기도 했다. 쿠르베의 그림이 있다는 오르세 미술관 내부 사진을 한참이고 봤다. 그럼에도 떠나지 못했다. 돈을 벌어야 한다는 압박감 때문이었다. 그 압박감은 나를 꽤 오래 따라다녔다. 돈이 없으면 사람의 인성이 무너질 수도 있다는 것을, 너무 어릴 적에 알아버린 탓이었다.

떠나기 위해, 잠깐 멈추는 것조차 할 수 없었던 나.

주변의 수많은 사람들이, 미디어들이 끊임없이 외쳤다. 멈추어서는 안 된다고. 학점을 받고 영어공부를 하고 자격증을 따고 아르바이트를 해야 한다고. 취직을 해야만 제대로 된 인생을 사는 것이라고. 남에게 번듯하게 보여줄 수 있는 인생만이 성공이라고. 모두 그렇게 살고 있다고. 너만 유별나게 힘든 것이 아니라고. 좋아하는 것으로 밥벌이를 할 수 있다는 환상을 버리라고.

좋아하는 일은 나중에 하면 된다고.

나중에.

언제?

면회시간이 아닌데 아버지가 병원에 왔다. 약을 바꾸는 동의를 받기 위해 의사가 보호자를 급히 부른 것이었다. 그 약조차 듣지 않으면 마음의 준비를 하라는 말을 들었다는 것을, 일반 병실로 옮긴 후에 부모님이 이야기해주었다.

'나중에…'는 영영 안 올 수도 있다는 것도 그때 처음 알았다. 몸이 좋아지면 여행을 가리라 결심했다. 나중으로 미루어놓았던, 좋아하는 일을 하며 살아가기로 했다.

여행을 간다면, 되도록 즐겁게 먹자. 그렇게도 정했다.

일반 병실로 옮기기 며칠 전부터 담당의는 내게 물기 많은 과일을 먹게 했다. 체중이 너무 많이 빠져서, 빨리, 먹는 것에 익숙해지지 않으면 안 된다고 했다. 일반 병실로 가는 날이 늦어질 수도 있다는 말에 있는 힘을 다해 먹었다.

침대에 앉아 과일을 먹을 때였다. 무시무시한 시선이 느껴졌다. 내 맞은편 침대에 누워 있던 할아버지가 시선의 주인이었다. 할아버지는 한참이나 나를 노려보다 쩌렁쩌렁한 목소리로 외쳤다. "저 애는 왜 먹어? 나도 먹게 해줘. 뭐든 좋으니깐, 내 이로 씹어 삼키게 해달라고!" 간호사가 달려왔다. 할아버지는 한참이나 고래고래 소리를 지르다 잠잠해졌다. "입원을 오래 하신 분이에요. 그러니, 이해하세요." 담당 간호사가 내게 속삭였다. 나는 고개를 끄덕였다. 할아버지가 밉다거나 하지도 않았다. 오히려 미안했다. 침대에 누워 있는 동안 나도 몇 번이고 생각했었으니깐. 저런 줄에 의지하지 않고, 제대로 내 입으로 씹어 삼키고 싶다고.

그러니깐 음식이란 것은, 먹는다는 것은.

사람의 몸이 제대로 기능하고 있다는, 어디에든 갈 수 있다는 증거와도 같은 것이었다. 너무나 일상적인 행위이기에 그 중요함을 잊어버리고 살고 있었을 뿐이다.

여행을 간다. 그곳의 음식을 먹는다. 천천히, 기억과 맛을 뒤섞어 몸 안으로 흘려보낸다.

다시 일상으로 돌아가도 언제든 어디로든 갈 수 있음을 확인하기 위해.

멈추는 법을 잊어버리지 않기 위해.

나와 닮은 누군가 있다면,

멈추는 것이 두려워 쉬지도 못하는 누군가에게.

달콤한 초콜릿을 깨무는 만큼의 시간만 있으면 된다고.

그것만으로도 무언가 변할 것이라 이야기해주고 싶다.

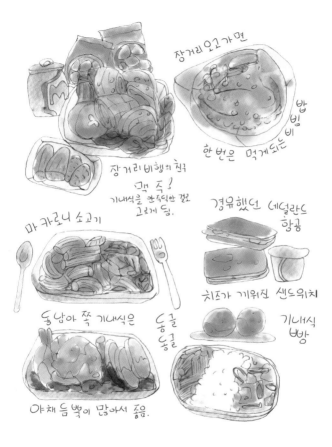

장거리 오고 가면

밥

빔

비

한 번은 먹게 되는

장거리 비행의 친구

꼭 즉!
기내식을 완죽인 걸로
그리게 됨.

마카로니 소고기

경유했던 네덜란드
항공

치즈가 끼워진 샌드위치

동남아 쪽 기내식은

물

물

기내식
빵

야채 듬뿍이 많아서 좋음.

5장 오스트리아 / 슬로베니아

6장 일본

7장 중국

"빵만 있으면 웬만한 슬픔은 견딜 수 있어."

- 프랑스 속담

1장

프랑스

Paris

여행 중, 사과 한 알의 위안

길을 잃었다.

똑같은 과일 가게가 세 번째 내 앞에 나타났을 때, 인정할 수밖에 없었다. 소르본 대학은 한 시간째 내 앞에 나타나지 않고 있었다. 눈에 들어오는 것들을 따라 쫄래쫄래, 대로변을 벗어나 골목 사이로 접어든 결과였다.

주변의 무엇도, 누구도 나와 연결되어 있지 않다. 그것은 때때로 나를 초라하게 만든다. 이곳에서 내가 증발하듯 사라져도, 누구도 알아차리지도 못할 것이라는 막연한 두려움. 크게 숨을 들이마셨다. 익숙한 것이라면 있었다.

한 과일 가게의, 초록과 노랑이 뒤섞인 차양.

세 번쯤 만나면 이미 인연이다.

투박한 가게였다. 차양 아래 과일과 채소들이 박스와 바구니 안에 마구 쌓여 있었다. 사과가 눈에 들어왔다. 쿠르베의 사과가 있었다면 저랬을까 싶은 빨간색이었다.

구스타브 쿠르베Gustave Courbet. 천사를 그려보라는 주문에, 천사를 보여주면 그리겠다고 답했던 화가다. 완벽하고 아름다운 신들의 모습, 귀족들의 우아한 생활만이 그려질 가치가 있는 것으로 여겨지던 때, 쿠르베는 하층민의 삶을 사실적으로 그리기를 고집했다. 살롱전이 그의 그림을 거부하자, 개인 전람회장을 만들어 맞서기도 했다.

때로는 오만하게 비추어졌을 정도의 당당함.

그 당당함이 부러워지는 때는 소소한 일상 속에서 몇 번이고 찾아왔다. 아니오,라는 말을 하지 못했을 때. 만들어낸 웃음으로 진짜 표정을 감추어야 했을 때. 타인의 기준에 나를 끼워 맞추기 위해 몸부림쳐야 했을 때.

그런 때면 사과가 먹고 싶어졌다.

쿠르베가 그린 정물화 중 빨간 사과 세 개를 그린 것이 있다. 정물화를 잘 그리지 않던 쿠르베가 집중적으로 정물화를 그린 시기는 그의 삶 후반, 1870년대였다. 이유는 간단했다. 모델을 고용할 돈이 없었기 때문이다. 쿠르베는 사회 개혁 운동을 하다 체포당했고, 파산했다. 그럼에도 그가 그린 사과는 조금도 초라

하지 않다. 반짝이며, 선명한 빛으로 사람을 유혹한다.

　과일 가게 안에서 나온 아저씨가 내게 사과 하나를 집어 건넸다. 내가 그 옆의 다른 품종을 가리키자, 아저씨는 단호하게 고개를 저었다.

　"딜리셔스. 넘버 원."

　빨간 사과 하나가 내 가방 안에 들어왔다. 사과를 가방에 넣고 다시 걸었다. 빵도 하나 샀다. 골목을 헤매다 보았던 공원으로 갔다. 한 무리의 아이들이 스케치북을 들고 공원 안을 돌아다니고 있었다. 나는 공원 한쪽에 놓인 벤치에 자리 잡고 앉았다.

　사과를 꺼내 한 입 베어 물었다. 와삭.

　세계적으로 유명한 3대 사과가 있다. 이브의 사과. 뉴턴의 사과. 그리고 세잔의 사과. 사과 하나가 썩을 때까지 그렸다는 일화로, 세잔의 사과는 예술을 대표하는 과일이 되었다. 세잔의 사과에 비하면 쿠르베의 사과는 유명하지 않다. 내가 그날, 벤치에 앉아 사과를 깨물어 먹던 공원도 유명한 장소는 아니었다. 그래도 그날의 공원은 참 예뻤고, 사과는 맛있었다.

　여행을 하다 보면 그러한 때가 있다. 다른 사람에게는 그다지 의미 없는 장소나 보통의 행동이 반짝 마음속에 새겨지는 순간. 잔디밭에 앉아서 빵을 먹거나, 분수대에 기대어 날아오르는 비둘기를 보거나 했던 그런 때들.

음식도 그렇다. 평소 아무렇지 않게 먹었던 것에 특별한 시간이 깃들 때가 있다.

공원에서 사과와 빵을 먹는 동안, 나는 알았다. 내가 여행을 끝낸 후에도, 가끔 사과를 먹을 때면 이 시간을 떠올릴 것임을.

그리고 그것이 나를 조금은 당당하게 만들어줄 것임을.

파리에서 갔던
빵집들 중
제일 기억에 남는 곳

사과 갈레트

애플 파이

미슈
Miche
전통발효빵

비스킷도
맛있어!

카페가 있다면 어디에서든

　다른 사람과 함께 하는 여행이든, 혼자 하는 여행이든, 한 번은 꼭 혼자 카페에 가게 된다. 우습게도 이유는 정반대다. 다른 사람과 함께 여행을 할 때는 혼자가 되고 싶어 카페를 찾고, 혼자 여행을 할 때는 누군가 이야기하고 싶어서 카페에 들어선다.

　그 상반된 이유를 모두 포용할 수 있다는 것. 그것이 카페의 매력이 아닐까.

　카페는 광장이었다. 보통 사람들의 광장. 그것은 귀족들의 살롱과는 정반대의 지점에 있었다. 철학자들과 예술가들은 삼삼오오 모여 사회와 인생, 예술에 대한 이야기를 나누었다. 물론 투덜거림과 잡담도 함께였을 거다. 잡담과 토론은 결코 경계선이 확실하게 나누어진, 그런 것이 아니니깐. 일상이 뒤섞여야 예술이 태어나게 마련이다. 동시에 카페는 은밀한 다락방이기도 했다. 카페테라스에 자리 잡고 앉아 혼자 차를 마시거나 글을 쓰는 동안 한 평의 공간은 오직 자신만의 것이 되었다. 오죽하면 장 폴 사르트르는 카페를 자신의 집이라고 말하기까지 했을까.

혼자 카페 '레 되 마고'를 찾아간 날은 비가 내렸다. 헤밍웨이가 '커피 한잔하고 싶은 유혹을 피할 수 없을 만큼 매력적인 카페'라고 평했던 곳이다.

한동안 내게, 파리의 카페란 어니스트 헤밍웨이였다.

잘 팔리는 책을 쓸 수 있을까 고민했지만 속물주의 작가가 되는 것을 경계했던 작가. 돈이 없어 공원에 앉아 시간을 때우다가 원고료를 받아 아내와 레스토랑에 갈 수 있게 되면 그것만으로도 행복을 느낄 줄 알았던 사람. 헤밍웨이의 에세이집 『파리는 날마다 축제』를 처음 읽었을 때는 놀랐었다. 날카롭고 사실적인 그의 소설과는 느낌이 무척이나 달랐던 것이다.

헤밍웨이가 파리에 머물었던 건 1921년부터 1926년까지였다. 19세기 말, 문화와 예술의 중흥기인 벨 에포크(좋은 시대)가 끝나가는 시기였다. 파리에 모여든 예술가들은, 벨 에포크가 꽃 피운 문화의 수혜자이기도 했지만, 그와 동시에 전쟁의 상실감과 허무함을 겪어내야 했던 로스트 제너레이션(길 잃은 세대)이기도 했다.

비엔나 커피
Cafe Viennois

함께 나오는
크림

Fromages 프로마쥬

Espresso 에스프레소

크림을
푹 떠서

커피에
퐁!!

초콜릿 포장지
LES DREAMS-게
여기도 인형. 요 인형이.

쟁반에 나오는
거스름돈

역에서 근엄하게
내려다보는 중국인형

영수증

헤밍웨이의 에세이는 그랬다. 따뜻하면서도 어딘가 서글펐다.

처음 헤밍웨이의 에세이를 읽었을 때, 나는 그 서글픔은 다시 찾아오지 못할 세대에 대한 그리움 때문이라 여겼다. 내가 파리에 가도 그곳은 헤밍웨이의 글 속에 나오는 파리가 아닐 터였다. 그것이 슬픈 것이라고 말이다.

하지만 조금 시간이 지나 다시 헤밍웨이의 에세이를 읽었을 때는 생각이 바뀌었다. 그것은 그리움이 아니었다. 오히려 동질감이었다. 어느 시대든 낭만과 혼돈 그 중간쯤을 헤매고 있는 사람의 뿌리를 톡 톡 건드리는 힘이 그 글에는 있었던 것이다.

그래서 파리에 가면, 헤밍웨이의 글에 나온 카페에 들러보고 싶었다.

레 뒤 마고에 들어서면 벽에 매달린 중국 인형이 제일 먼저 눈에 들어온다. 근엄하게 카페 안을 내려다보고 있는 목재 인형은 레 뒤 마고의 상징이기도 하다. 카페의 머그잔과 냅킨에도 그려져 있고, 초콜릿 포장지에도 이 인형 둘이 나란히 자리 잡고 있다.

주문한 음식이 나오기를 기다리는 잠깐 동안 중국 인형을 그렸다. 툭. 내 자리 모서리에 무언가 놓였다.

초콜릿이었다.

옆자리에 앉아 있던 할아버지 한 분이 내게 가볍게 고개를 숙였다. 내가 그림을 그리던 수첩을 가리키며 웃어 보이더니 자리를 떠났다.

그날 내내 찐득하게 달콤한 초콜릿의 냄새가, 비에 젖은 파리의 골목을 따라다니며 나를 행복하게 만들어주었다.

헤밍웨이의 말대로였다. 파리는 그 자체로 축제였다. 움직이는 축제처럼, 남은 일생 어디를 가든 곁에 머물러줄 것만 같았다. 길을 잃어도 그곳이 축제라면. 그렇다면 어디서든 춤출 수 있을 터였다.

핫초콘

얼음물

아이리쉬 커피
진한 위스키향♥

춘큰초콘

책자형태
메뉴판

따르고 나면 흘러내리는
한줄기 핫초코가
G○○임♥

핫초콜
컵에
쪼르륵!

초록 섞인
파라솔

액자가득
벽면

바깥 테라스에는
사람이 가득

이층 올라가는 계단

나 홀로 파사주 브런치

사이렌 소리가 요란하게 울렸다.

파리의 오페라 거리 북쪽 끝에 있는 오페라 가르니에 안을 구경하던 중이었다. 느닷없이 주변이 다급해졌다. 나도 사람들 사이에 휩쓸려 같은 방향으로 걸어 내려갔다. 그 사이에도 사이렌 소리는 멈추지 않았다.

파리 테러가 일어난 지 일 년이 채 되지 않았을 때다. 사람들이 가득한 비상구에 서 있으니 불안해졌다. 나는 혼자였다. 불안을 나눌 사람이 옆에 없었다. 나는 여행을 다닐 때면 좀처럼 꺼내지 않는 핸드폰을 손에 꼭 쥐었다. 손바닥에 땀이 났다.

그때 갑자기 몇몇 사람이 웃음을 터뜨렸다. 왜 웃는 거지? 의아했다. 나도 사람들의 시선을 따라 철조망 건너편을 봤다. 몸에

딱 달라붙는 바지를 입은 남자가 춤을 추고 있었다.

남자는 정체불명의 춤을 신명나게 추다 외쳤다.

"올 오케이!ALL okay!"

남자는 유유히 사라졌다.

핸드폰을 쥐고 있던 손에서 힘이 풀렸다. 매니저가 뭐라고 외쳤다. 오늘은 더 이상 관람이 불가능하니, 재입장 도장을 찍어준다는 거였다. 식당 쪽에 작은 화재가 났는데, 화재의 원인이 밝혀지지 않아 당일에는 문을 닫아야 한다고 했다.

나는 오페라 가르니에를 나왔다. 거리의 사람들 사이에서, 철조망 틈으로 보았던 남자를 발견했다. 남자는 횡단보도 앞에서 방향을 틀어, 옆 골목으로 사라졌다. 나도 그 골목으로 들어가보기로 했다.

파사주 슈아죌Le Passage Choiseul.

건물과 건물 사이, 아름다운 캐노피가 드리워져 있었다. 나는 이끌리듯 캐노피 아래에 난 길로 들어섰다. 마주보고 선 가게들과 그 가운데 펼쳐진 대리석 바닥. 색색의 간판들과 유리창 너머의 다채로운 물건들. 맛있는 냄새. 그리고 골목의 하늘을 뒤덮은 유리 천장. 좁은 골목은 다채로운 아름다움으로 가득 찬 원더랜드였다.

파사주Passage는 통로, 통행이란 뜻이다. 유럽에서는 유리 천장으로 덮인 쇼핑 공간을 말하고, 걀르히galerie라고도 한다.

옛날의 파리는 상점들이 도로를 따라 길게 줄지어 있었다. 물건을 사고 나오면 마차의 먼지를 뒤집어쓰거나, 말똥을 밟을 위험이 늘 도사리고 있었다. 편하게 쇼핑을 하고 싶다는 사람들의 욕구는 착실히 쌓여갔고, 그 욕구가 폭발한 것은 19세기 산업혁명이 진행되고 나서였다. 그 전에는 값비싼 장신구로만 사용되었던 유리가 대중화되었다. 고급스러운 유리 천장이 눈과 비를 막고 있는 쾌적한 공간. 사람들은 파사주로 모여들었다. 백화점에 영광을 빼앗기기 전까지 파사주는 파리의 유행을 주도했다.

오후 두 시를 조금 넘긴 시간, 파사주 슈아죌은 활기찼다. 샌드위치를 먹으며 수다를 떠는 사람, 책방 안을 들여다보는 사람, 사진을 찍으며 웃고 있는 사람. 다양한 사람들이 골목의 끝과 끝을 오가고 있었다.

나는 분홍빛 간판이 인상적인 식당 안으로 들어갔다. 라자냐와 샐러드, 드링크가 포함된 오늘의 메뉴를 주문했다. 이층으로 올라가 소파에 파묻히듯 앉았다. 음식이 앞에 놓였다. 샛노란 라자냐를 한 숟가락 푹 떠, 입에 넣었다. 뜨끈하고 고소한 치즈와 폭신한 파스타가 함께 어우러졌다.

사이렌 소리에 묶여 있던 긴장이 스르르 몸 안에서 미끄러져 나왔다.

비브슈카
Babouchka

스콘

샐러드

버섯 라자냐

Les bois de Jean

♥(ㅂ)앙

빵속에
치즈+크림+고기

ㄲ자기에
매우게 넘 맛아..!

콜라

BCHEF

햄&치즈
베이글 샌드

굵직한
감자튀김

마르셰,
달콤하고 그리운 냄새가 있는

    파리에는 마르셰Marché가 있다. 마르셰는 우리에게도 낯설지 않은 말이다. 한국에서는 '도시형 장터'를 뜻하는 말로 쓰이고 있다. 생산자와 판매자가 직접 만나 물건을 사고파는 임시 장터라는 점에서는 플리마켓의 한 종류라 볼 수도 있다. 차별점이라면 한국의 마르셰에서 판매되는 것들은 대부분 생산자가 직접 만들어낸 먹거리라는 점이다.

    파리에서 마르셰는 그 단어의 쓰임이 넓다. 장터, 시장이라는 말이 붙을 수 있는 곳이라면 어디든 붙는다. 파리의 유명한 백화점들, 봉 마르셰와 르봉 마르셰 등에도 이 단어가 붙어 있는 것을 보면 말의 쓰임이 넓다는 걸 알 수 있다. 그만큼 딱 고정된 형태의 시장만을 가리키는 것은 아니라는 것이다. 그 말인즉슨, 파리에 사는 사람이라도 최고로 꼽는 마르셰는 모두 다를 수 있다는 이야기다.

내가 묵었던 숙소는 카운터 담당이 아침, 저녁으로 바뀌었다. 아침에 카운터를 지키고 있던 중년 남자는 자신을 '모닝맨'이라 칭했다. 모닝맨은 아침마다 내게 '안뇽하쎄요'라며 한국말 인사를 외치는, 붙임성 좋은 사람이었다.

"마르셰? 오, 최고의 마르셰는 멀지 않은 곳에 있어. 몽토르게이에 가 봐."

그는 내게 직접 구글 지도로 위치를 검색해 보여주기까지 했다. 과연, 걸어서도 사십 분밖에 안 걸리는 곳이었다. 나는 왜 이곳이 최고냐고, 어설픈 영어로 그에게 물었다.

"그곳은 히스토릭하고, 새로워."

상충되는 두 단어가 동시에 존재하는 곳은 매력적이다. 나는 당장 몽토르게이로 향했다. 지하철을 타고, 3호선역에서 내렸다.

초록색 덩굴로 뒤덮인 아치가 나타났다. 덩굴 풀 사이로 몽토르게이 마르셰Montorgueil Marché라는 글자가 언뜻언뜻 내비쳤다. 아치 아래로 사람들이 저마다 무언가를 손에 들고 지나가고 있었다.

나도 덩굴 아래를 지나, 안으로 들어갔다.

이제 막 학교가 끝난 모양이었다. 교복을 입은 프랑스의 초등학생들 한 무리가 거리 한복판에 서 있었다. 선생님들 옆에 서 있던 아이들은 한두 명씩, 마중 나온 엄마의 손을 잡고 거리의 골목과 골목 사이로 사라졌다. 아이들 뒤로 작은 초등학교가 보였다. 그 초등학교 바로 옆에는 오래된 간판을 내려뜨린 꽃집이 있었다. 꽃집 옆에는 서점이, 그리고 그 옆에는 붉은 소시지가 줄줄이 걸린 정육점이…. 가게 옆에 가게가 이어지고, 그 뒤로는 사람 사는 집들이 이어졌다.

몽토르게이 거리를 살펴보면, 차가 지나다니는 길이 유독 좁은 것을 알 수 있다. 마르셰를 오고가는데 차가 드나들면 불편하다고, 사람들의 통행에 방해가 되지 않을 정도로 폭을 제한했다는 거다. 몽토르게이 마르셰는 그런 곳이었다.

아치에서부터 아래로, 길을 따라 걸었다. 젖소 간판이 귀여운 치즈 가게를 지났다. 과일 가게 앞에서 과일을 살피는 사람들 틈에 끼어 납작 복숭아는 얼마인가 기웃거려 보기도 했다. 제과점 앞에서는 한참을 서 있었다. 노릇하게 구워진 애플파이가 진열대에 먹음직스럽게 놓여 있었다. 한 손으로 캐리어를 끌고 온 여행자가 내 옆에 멈춰 섰다. 그녀는 파이 하나를 통째로 종이봉투에 넣어갔다. 드르륵. 드르륵. 바퀴 끄는 소리는 나와 엇갈려 거리 위로 사라졌다.

가게에서
서서 먹는
사람들.

스트레 제과점

젤라토

액세레
버터

파리의
명소를
설명하는
팻말들.

스트레
제과점
앞에도
멋하나.

엽서들

장바구니 하나씩.

시장곳곳
예쁜꽃들.

에끌레어

장미와 소시지
햄 디스플레이
정말 왜이리
예쁜지.

즐비한 과일들

어디가 익숙한
전기 통닭구이

각양각색 치즈들

탄♡산♡

♪타·타·타르트♬

타르트♬
타르트♪

귀요미
마카롱

밀가루는
즐음이!

거대-한
샌드위치

한밤중에 다툰 후엔 포도주

친구와 싸웠다. 파리의 숙소에서. 그것도 밤 열 시에.

싸움의 이유는 기억나지 않는다. 한참이나 말싸움을 벌였다. 서로 잘못한 것을 인정하고, 미안하다는 사과도 했다. 요약하니 참 깔끔한 과정이다. 하지만 싸움은 싸움이다. 어떻게 화해를 했든지 간에 당장 깔끔해질 리 없다. 그걸 알면서도 나와 친구는 싸웠다. 마이너스 감정을 쌓아두지 않기 위해서였다.

누구와 여행을 함께 가는가. 내 기준은 단순하다. 싸우고 화해할 수 있는 사람이다.

하루나 이틀의 짧은 여행이라면 싸우지 않고도 지낼 수 있다. 하지만 사흘이 넘어가고 일주일이 되어가는 여행이라면 이야기가 다르다. 아무리 취향이 비슷해도 일행과 불만이 생기게 되어 있다. 뇌가 텔레파시로 이어져 있어도 그럴 터다.

처음 여행을 할 때에는, 일행에게 안 좋은 소리를 하는 것이 싫었다. 서운한 일이 생겨도 참았다. 내 쪽에서 좀 더 참고, 상대방에게 맞추어주면 좋은 여행이 될 수 있을 거라 생각했다. 그렇게 참으며 여행했던 사람들 중, 연을 이어나가고 있는 사람은 없다. 시간이 지나면서 깨달았다. 여행에서의 감정은, 여행지에서 정리하고 와야 했었다.

"… 술 한잔하러 나갈래?"

친구가 어색한 침묵을 깨고 말을 건넸다.

여름, 파리는 해가 늦게 졌다. 밤 열 시를 넘기고서야 어둠이 깔렸다. 나와 친구는 숙소 근처의 식당 문을 열고 들어갔다. 낮에는 한적하던 식당 안이 늦은 저녁과 술을 즐기는 사람들로 북적이고 있었다.

파리 사람들은 술을 즐긴다. 한국보다 술을 많이 소비하는 몇 안 되는 나라 중 한 곳이 프랑스다. 전통적으로는 와인이 강세다. 파리를 여행하다 보면 이 사실을 몸으로 느낄 수 있었다. 식당마다 술을 추천해달라고 하면 가장 먼저 내 오는 것이 와인이었다. 그다음이 칵테일. 맥주는 가장 나중에서야 명단에 올랐다. 이렇든 와인 사랑이 확고하고, 유럽 전역에서 맥주 소비량이 28위밖에 되지 않는 프랑스지만 여기도 조금씩 변하고 있다. 수

숙소근처
레스토랑

연어구이

글라스
와인

빵

오믈렛

싸움뒤
화해의 와인

어케는 밤이되면
술마시는 사람들로 북작.

에펠탑 근처
수제맥주집

맥주 맛있어!
근데 취해..!

다같이 서 있는
맥주기

나초 ⊕
아보카도
소스

핑크핑크
예쁜
컵받침

The
Reynolds
Club

제 맥주의 유행과 함께 맥주 시장도 그 규모가 커지고 있는 것이다.

와인과 맥주. 이론적으로는 맥주가 주가 되는 곳을 브라스리 brasserie, 와인이 주가 되는 곳을 비스트로bistro라고 한다. 나와 친구가 밤에 찾아간 식당은 명실상부 비스트로였다. 파리의 식당들 중에는 저런 분류와 상관없이 와인과 맥주, 칵테일을 모두 취급하는 곳들이 많다. 하지만 그 식당에는 오직 와인뿐이었다.

나는 메뉴판을 펼쳐들고, 친구의 눈치를 살폈다. 친구는 와인을 좋아하지 않았다. 아니, 친구는 여행 중에 술 자체를 즐겨하지 않았다. 여행의 자유 중 하나가 한낮에 마시는 술이라고 생각하는 사람이 있다면, 여행 중에까지 굳이 술을 마셔야 하나 생각하는 사람도 있게 마련이다. 내가 전자라면, 친구는 후자였다. 그나마 친구가 마시는 건 맥주 한 캔, 딱 그 정도였다.

"다른 데로 갈까?"

"왜? 좋은데. 안 하던 싸움 후에 마시는 안 마시던 술."

친구의 너스레에 피식 웃음이 나왔다.

보들레르가 그랬었던가. 술과 인간은 끊임없이 싸우고, 끊임없이 화해하는 사이좋은 투사와 같다고. 진 쪽은 이긴 쪽을 포옹한다고 말이다. 누군가와 함께하는 여행도 그와 같을지도 모른다. 싸우고, 화해한다.

파리의 해피아워

퐁피드 센터근처. 펍&레스토랑

맥주

모히또

후추가

후추후추

숙소가 오르세 미술관
근처였던지라
근처 식당에서 저녁을 자주 먹음.

스테이크

비프버거
감자튀김
리유로 사친암이.

매쉬드
포테이토

조명도
예쁨.

글라스
와인

깔라마리

글라스
와인

추천해
주세요.

O.K

희청색
가게색이
예(에)서
들어갔든곳.

와인을 잘몰라서
늘 추천받음.

CRU

CINO MAR

파리를 닮은 맛

다른 나라를 여행할 때, 그 나라의 전통 요리를 하나쯤은 꼭 먹어보려 하는 편이다. 그것은 복합적인 재미를 준다. 맛뿐만이 아니다. 그 음식을 먹는 특유의 방법, 음식을 파는 곳 고유의 분위기, 그 나라의 사람들이 자신들의 음식을 대하는 태도 등 식당 하나에서 체험할 수 있는 것은 무척이나 많다. 다행히 나는 못 먹는 음식이 거의 없는 편이다.

프랑스의 도시들 중 파리는 '모든 요리를 맛볼 수 있는 곳이자 가장 프랑스다운 요리를 맛볼 수 있는' 곳이라 일컬어지는 곳이다. 1789년, 프랑스혁명이 일어나 귀족 계급이 몰락했다. 일자리를 잃어버린 귀족들의 요리사들은 거리로 나왔다. 그들은 레스토랑을 열어, 귀족들의 전유물이었던 요리를 선보였다.

식탁 위에도 민주주의 꽃이 피기 시작한 것이다.

여행지에서 겪는 딜레마가 하나 있다. 먹는 것을 좋아하지만 그 때문에 쫓기듯이 여행하고 싶지는 않다는 거. 정해진 시간에, 정해진 곳에 반드시 가야 한다는 것은 생각 이상으로 몸을 긴장시키고 아무리 여유로운 시간도 빠듯하게 만든다. 그래도 유명하다는 음식은 한번 먹어보고 싶다. 그런 상반된 마음이 치열한 전투를 벌인다.

파리에서는 절충안을 택했다. 식당 딱 한 곳만 찾아가기로.

그렇다면 파리에서는 에스카르고를 먹자.

18세기경 프랑스 왕정 시대에, 와인으로 유명한 부르고뉴 지방의 골칫거리가 있었으니 바로 달팽이였다. 부르고뉴 달팽이가 포도나무의 잎을 먹어도 너무 먹어댔던 것이다.

그러기에 나온 묘책. 잡아서 먹어 버리자! 어디까지나 이랬을 수도 있다고 전해져 내려오는 지역 민담일 뿐이다. 하지만 부르고뉴 지방의 달팽이들이 19세기부터 레스토랑의 고급 식재료로 유통되기 시작한 것은 사실이다. 특히나 지금과 같은 요리법이 정착된 것은 1814년, 당대의 유명 셰프인 앙투안 카렘이 레시피를 개발하면서부터다.

에스카르고를 먹을 식당으로는 '르 프로코프'를 골랐다. 이곳에는 나폴레옹 1세가 외상값 때문에 맡겨 놓았다는 모자가 전

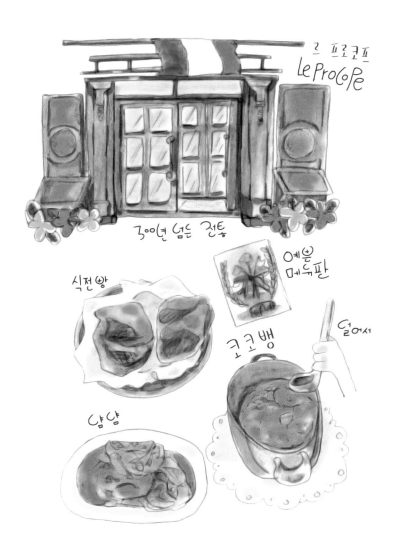

르 프로코프
Le ProCoPe

300년 넘는 전통

예쁜 메뉴판

식전빵

코코뱅

덜어서

냠냠

시되어 있다. 그것을 보기 위해서라도 어느 정도의 수고는 감내할 수 있겠다 싶었다.

식당에 자리 잡고 앉아 음식을 주문했다. 식전 빵에 칵테일. 에스카르고와 뵈프 부르기뇽, 디저트로는 수플레와 티라미수. 가게의 이층으로 올라가는 계단처럼 부드러운 곡선을 가진 달팽이 여섯 마리가 내 앞에 놓였다.

그리고 난감해졌다. 달팽이 껍데기 안에서 달팽이를 꺼내는 건 초보자에게 결코 쉬운 일이 아니었다. 둥그런 달팽이 껍데기는 자꾸만 아래로 떨어졌다.

"헬프 유Help you."

옆자리에서 식사를 마치고 일어나던 노부인이 내 자리로 왔다. 그녀는 직접 달팽이 한 마리의 속살을 꺼내 보였다. 내 손에 집게와 포크를 돌려주더니, 해보라는 손짓을 했다. 나는 그녀가 했던 것을 떠올리며 달팽이를 들어 올렸다. 노. 노. 노부인이 내 손을 잡고, 집게 잡는 법을 고쳐주었다. 엄숙하고도 진지한 표정으로 말이다. 그러자 신기하게도 한 번에 쪽, 달팽이 속살이 빠져나왔다.

"땡큐, 메르시."

노부인은 고개를 끄덕여 보이고는 자리를 떠났다. 무뚝뚝했다. 그리고 친절했다.

낯설지만, 그 향과 맛에 익숙해지려면 조금 시간이 걸릴지는 모르지만.

입안을 풍부하게 해주는 에스카르고의 맛은 그런 파리를 닮아 있었다.

에스카르고

나폴레옹의   외상모자

티라미수

후추   소금   크레페

"우리가 좋아하는 것을 가질 수는 없으니,
우리가 가질 수 있는 것을 좋아하자."

-스페인 속담

2장

스페인

Barcelona

몸에 독이 차오를 때,
보케리아 홀릭

태양은 내리쬐었고, 내 수화물은 분실 상태였다.

바르셀로나에 도착한 첫날이었다. 나는 한없이 우울했다. 그 악명 높은 수화물 배송 오류에 딱 걸려버린 것이다. 공항에서 한 시간이 넘게 기다려도 캐리어는 나오지 않았다. 나뿐만이 아닌, 열 몇 명의 사람들이 항공 데스크로 몰려갔다. 하루나 이틀 뒤, 연락을 주겠다는 대답만을 받았다. 그러니 공항에서 숙소로 향하는 버스 안에서 마음이 편할 리가 없었다. 스페인은, 바르셀로나는 나와 맞지 않는 곳인가 싶었다.

공항버스에서 내렸다.

아, 좋다.

더없이 우울하던 중에도 저절로, 그런 말이 튀어나왔다.

파리에서 바르셀로나로 넘어온 터였다. 파리에 있던 내내 날씨가 흐렸다. 열흘간 흐린 하늘만 보다 쨍쨍한 태양빛을 보자 어찌나 반갑던지. 수화물 걱정에 무겁던 발걸음이 조금씩 가벼워졌다. 이토록 우울함이 어울리지 않는 거리를 즐기지 못하다니. 그건 수화물이 아닌, 여행을 통째로 잃어버리는 일이었다.

그렇게 마음먹고 숙소를 향해 걸어갔다. 마음먹는다고 기분이 한 번에 확 바뀐다면 얼마나 좋을까. 하지만 실제 그런 일은 일어나지 않는다. 그럴 때에는 걸음걸음마다 조금씩, 검고 진득한 독이 빠져나가는 상상을 한다. 이 독이 모두 빠져나가면, 그러면 언젠가는 괜찮아질 거야. 그렇게 스스로를 다독이는 것이다.

그러다 보면 가끔, 독을 한순간에 없애주는 마법의 약을 만날 때가 있다. 횡단보도 건너편에서 발견한 왕관 모양의 간판처럼 말이다.

산 호셉 보케리아 시장.

시장의 간판을 보고서야 점심시간을 훌쩍 넘기도록 내가 아무것도 먹지도 마시지도 않았다는 것을 깨달았다. 홀린 듯 길을 건넜다. 시장 초입에서 색색의 과일 주스를 팔고 있었다. 내 눈에 들어온 건 노랑과 빨강의 선명함이 아니었다. 온갖 색 가운데 자리 잡고 앉은 흰색이었다. 저 색들 가운데에, 뭘 믿고 혼자 덩

1유로 커피

근달러 맥주

각종
과일들

갖가지
과일주스

3.0유로씩

슬라이스
하몽

소시지

특론
TORRON

거대한 하몽

그러니 저리도 희단 말인가. 그 당돌함에 이끌려 한 잔을 샀다.

　빨대로 쭈욱 빨아올렸다. 시원하고 다디단 맛이 몸 안으로 스며들어 왔다. 동시에 마음 어딘가에 고여 있던 우울함이라는 독이 쑥, 빠져나가 버렸다.

　보케리아 시장의 시작은 12세기, 바르셀로나의 성문 중 하나였던 프라 데 라 보케리아에 사람들이 물건을 늘어놓고 팔던 것이었다. 그것이 도시의 규모가 커지면서 성문이 사라졌고, 시장은 수도원의 포도밭으로 옮겨가게 되었다. 산 호셉 수도원은 19세기 초반 문을 닫았지만 시장은 남았다. 그래서 시장 이름에 '산 호셉'이 붙게 되었다.

　나는 이 시장이 아주 마음에 들어서 바르셀로나에 머무는 열흘 동안, 거의 매일 들르다시피 했다. 시장에서 파는 짭조름한 하몽 조각과 1유로에 파는 컵 맥주를 손에 들고 바닷가로 향했다. 올리브와 견과류를 조금 사서 저녁 안주로 쟁이기도 했다. 이삼 일이 지나니 보케리아에 안 가면, 어딘가 섭섭하기까지 했다. 가히 보케리아 홀릭, 중독이었다. 색색의 과일 주스들도 한 잔씩은 다 마셔보았다. 그래도 왠지, 그 어떤 색의 음료도 처음의 흰색을 이겨내지는 못했다.

　지금도 종종 그 맛이 그리워진다. 몸에 독이 차오를 때.

　보케리아 시장에 가고 싶어진다.

안에서 먹고갈수 있는
식당들도 많다.

철판구이집
인기폭발!

신라면과
당면!

햄꼬치

올리브

향신료

스페인 빵들
다닥달 고기 묵직

항해를 시작하는 맛

그렇게까지 예쁠 줄 몰랐다. 직접 보기 전까지는.

바르셀로나에 가기 전, 숱하게 그런 말을 들었다. 가우디와 축구밖에 볼 게 없는 도시 아니냐고. 그곳에 왜 열흘씩이나 머무르려 하느냐고 말이다. 그 말을 듣다 보니 약간 반발심이 생겼다. 가우디뿐이라니. 살바도르 달리도 있고 호안 미로도 있는데! 나는 결코 가우디에 사로잡히지 않고, 다른 작가들의 작품들도 흠뻑 즐기고 오리라 결심했다.

바르셀로나에 도착해서 둘째 날, 가우디 투어를 했다. 사그라다 파밀리아를 마지막으로 하루 동안 가우디의 대표 건축물 네 곳을 둘러보는 코스였다. 셋째 날, 나는 다시 카사 바트요를 찾아갔다. 그다음 날에는 사그라다 파밀리아에 다시 갔다.

추화올스와

가사 바트요

그러니깐 나는 결국, 가우디에 붙잡힌 거였다.

바르셀로나에 가우디만 있다는 말에는 동의할 수 없다. 하지만 가우디만 보기에도 열흘이 짧다는 말에는 얼마든지 동의할 수 있다. 누군가 사그라다 파밀리아에 반해, 하루 종일 그 안에서 천장만 올려다보고 있었다고 해도 고개를 끄덕일 거다. 그래, 그럴 만한 곳이지.

카사 바트요를 다시 찾아갔던 날이었다.

표를 끊으려 줄 끝에 서 있는데 앞에 선 일본인들의 대화가 들렸다. 카사 바트요의 옆 건물, 카사 아마트예르의 일층에 카페가 있다는 거다. 몰랐던 정보다. 슬그머니 줄을 벗어나 옆 건물로 향했다.

카사 아마트예르. 호세프 푸이그 이 카다팔츠크가 설계한 집이다. 카사 바트요를 보기 위해 그라시아 거리를 찾은 사람이라면 누구나 한 번은 보게 되는 집이기도 하다. 초콜릿 성을 연상케 하는 외관에, 앞을 지나면서 내심 안은 어떻게 꾸며져 있을까 궁금하기도 했던 곳이었다. 구경하기 전에는 배가 든든해야 하는 법. 카페에서 점심을 먹기로 했다.

"여기 왠지, 알폰스 무하 그림 걸려 있으면 어울릴 것 같아."

내 옆자리에 앉은 친구가 중얼거렸다. 알폰스 무하를 좋아하는 그녀의 예감은 과연 놀라웠다. 카사 아마트예르를 디자인한

호세프 푸이그는 카탈루냐의 제1세대 모더니즘 건축가였다. 그는 당시 유행하던 아르누보 풍을 카탈루냐 식으로 재해석하려 했다. 내 예감도 어떤 의미에서는 맞았다. 초콜릿 성 말이다. 카사 아마트예르의 디자인을 의뢰한 집주인은 초콜릿 공장 사장이었다고 한다.

고소하고 든든한 파니니와 샐러드. 과일 주스가 앞에 놓였다. 긴 탁자에 자리 잡은 사람들은 각자 자신의 시간에 몰두하고 있었다. 바깥 테라스와 이어진 넓은 유리창에서 햇빛이 쏟아져 들어왔다. 한순간, 긴 탁자는 빛의 바다 위에 고요히 떠 있는 하얀 배가 되었다.

내게 카사 바트요는 바다였다.

카사 바트요의 모티브에 대해서는 여러 해석이 있다. 몬세라트 산의 바위가 영감을 줬다는 것, 카탈루냐 지방의 전통 동화에서 영감을 받았다는 것 등등이다. 그 해석들과는 무관한, 온전한 나의 감상만을 말하라면 그랬다. 특히 카사 바트요의 창문을 보고 있노라면, 청색 바다에 까마득히 잠겨 들어가는 것만 같았다.

카사 아마트예르에서의 식사가 기억에 남았던 건 그 때문이었을 거다. 카사 바트요라는 바다를 항해하기 전, 친절한 이웃집에 잠시 머물러 식사를 대접받은 기분.

그 식사가 있었기에, 그날의 항해는 무척이나 성공적이었다.

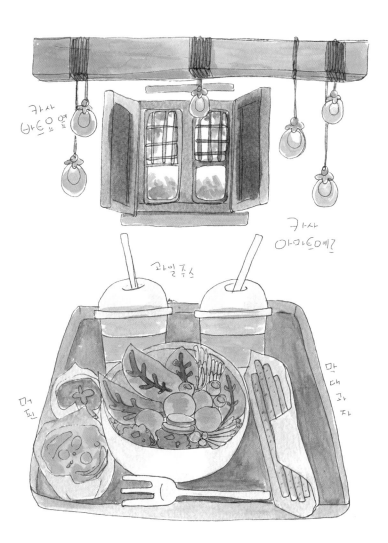

카사
바트요엽

카사
아마트예르

과일주스

머핀

막대과자

익숙한, 그러나 새로운

배는 부른데 저것도 맛보고 싶고.

여행을 하다보면 종종, 한탄 아닌 한탄을 하게 된다. 먹는 걸 좋아하는 사람이라면 공감할 거다. 아무리 먹는 걸 좋아한데도 사람의 위가 무한정 늘어나는 게 아니니깐. 배부름이 아쉬워지는 순간. 그것도 여행의 사치 중 하나이지 싶다.

타파스 가게에 처음 들어갔을 때 만세를 외쳤다. 내가 처음 들어간 타파스 가게는 핀초스를 전문으로 파는 곳이었다. 작은 접시들 위에 앙증맞게 올라가 있는 음식들이라니. 적은 양의 다양한 음식을 맛보고 싶은 욕구를 백 프로 충족시켜주는 것이 바로 핀초스였다. 맛이 섞이지 않도록 입을 씻어내줄 상그리아와 맥주도 주문했다. 접시에 먹고 싶은 핀초스를 담아왔다.

핀초스는 타파스의 일종이다.

타파스tapas. 정말 정직하게도 식사, 음식이란 뜻이다. 여러 형태가 있지만 작은 접시에, 한 입 크기로 나온다는 점은 보통 일치한다. 타파스의 유래에 대한 것도 그렇다. 대여섯 개의 설이 존재하는데, 모두 와인이 등장한다는 점에서는 공통점을 가진다. 한마디로 타파스는 한입거리 음식을, 술과 함께 먹는 것이란 결론이 난다.

핀초스는 바스크와 나바르 지역에서 주로 먹는다. 슬라이스된 바게트 빵을 베이스로, 그 위에 갖가지 것을 올린다. 그리고 꼬치로 찌른다.

나는 이 핀초스가 여행자에게 가장 어울리는 타파스라고 생각한다. 접시에 담긴 음식과, 꼬치에 꽂힌 음식은 그 느낌이 다르다. 꼬치에 꽂힌 음식은 재미가 있다. 이쑤시개에 꽂힌 산적에서 햄이며 구운 대파를 쏙쏙 빼내어 먹는 즐거움을 아는 사람이라면 금방 핀초스를 좋아하게 될 것이다.

번거로울 수 있지만 재미있는 것. 여행과 닮았다.

핀초스는 여행지에서 낯선 사람과 술 한 잔을 나누기에도 좋은 음식이다. 냄비 요리는 사람과의 거리를 급속도로 가깝게 해주는 만큼, 부담스러움이 존재한다. 쉽게 냄비 안으로 손을 뻗을 수 없는 사람은 소외될 수밖에 없다. 핀초스는 그런 부담감이 없

다. 자신의 앞에 놓인 핀초스를 안주 삼아 한 잔씩 마시며 이야기를 나누면 그만이다. 그러다 상대와 조금 친밀해졌다 싶을 때 꼬치의 반을 나누어 먹으면 된다.

바르셀로나는 원래 타파스를 많이 먹는 지역이 아니었다. 하지만 이 핀초스 가게들은 점점 늘어나고 있는 추세라 했다. 여행자들이 많은 것이 그 유행에 한몫하지 않았을까 싶다.

바르셀로나에 머무는 동안, 다섯 곳이 넘는 타파스 가게를 찾았다. 가게마다 특색이 확실한 것이 놀라웠다. 타파스로 만들어지는 음식은 몇 가지 정해진 것들이 있다고 어디선가 읽었던 것이다. 하지만 실제로 먹어보니, 같은 감바스라도 무엇과 곁들여 조리하는가에 따라 그 맛이 천차만별이었다. 핀초스는 더욱 자유로웠다. 무엇을 무엇과 함께 꽂아 내느냐. 그 조합은 셰프의 창의력에 따라 수백 가지도 더 만들어질 수 있는 것이었다. 나는 튀긴 토마토에 잔멸치를 곁들인 것이 그토록 맛있다는 걸, 두 번째로 찾아간 집에서 알았다.

이미 다 알려진 곳을 왜 찾아가는데. 그렇게 말하는 사람들이 있다. 그들에게 핀초스를 대접하고 싶다. 만들어보면 더 좋을 것 같다. 이 세상에 다 알려진 곳은 어디도 없다고, 여행하는 사람에 따라 수백, 수천 가지 이야기가 아직도 온갖 곳에 흩어져 있다고 말이다.

튀긴멸치

샘플러
세트

고로케

고축

조개

새우

레몬맥주

구워

구워

구운 쪽쪽쪽
쪽꾸미

햄 +
토마토

긴 밤을 즐기러 나가자

"축배를 들기에 좋은 가게를 알려줄게."

호텔 로비에서 빙그르, 기쁨을 못 이기고 춤을 춰버렸다. 호텔 매니저는 축하한다며 내게 말을 건넸다.

연락 없던 수화물이 도착했다. 호텔로 배달되어 온 캐리어는 하루 동안 호텔 창고에서 잠들어 있었다. 내가 종일 밖을 돌아다니다 호텔로 들어온 탓에, 전달받을 시간대를 놓친 거였다. 그 사실을 알 리 없는 나는 왜 캐리어가 오지 않느냐고 항공사를 원망하고 있었다. 밤에 여분의 이불을 요청하러 내려가지 않았다면 캐리어와의 만남은 또 하루 늦어질 뻔했다.

잃어버린 것을 찾는 것은 기쁘다. 하물며 그 안에, 여행의 추억이 가득 담겨 있다면 두말 할 나위가 없다. 호텔 매니저의 말

어딘가 동굴같은   모리츠 맥주공장

대로 축배를 들 만할 일이었다. 애당초 나는 매니저가 꽤 마음에 들었다. 그녀는 늘 웃는 얼굴이었고, 만나는 사람들에게 적절한 농담을 건넬 줄 아는 사람이었다. 그녀가 추천한 곳이라면 분명 멋질 것 같았다.

스페인은 밤이 길다. 해가 늦게 진다는 의미가 아니다. 무더위를 피해 두 시에서 다섯 시까지 낮잠을 자고, 여덟 시가 넘어 저녁을 먹는다. 더운 낮에 놀지 못한 것을 보상받기라도 하려는 듯, 새벽까지 술을 마시는 사람들로 그라시아 거리는 흥청거렸다. 재미있는 것은 식당과 술집의 경계가 분명하다는 것이다. 식당들은 대부분 오후 여섯 시가 되면 문을 닫는다. 밤늦게까지 영업을 하는 곳들은 주류를 전문적으로 판매하는 펍과 클럽들뿐이다.

긴 밤을 즐기러 나갔다.

간판에 그려진 파란 말은 침을 흘리며 웃고 있었다. 말도 취했구나. 골목과 골목을 헤매다 도착했던지라 취한 말조차도 반가웠다.

파브리카 모리츠, 일명 모리츠 맥주공장. 축배를 들 장소였다. 바르셀로나의 맥주 하면 많은 사람들이 에스트레야 담Estrella Damm을 먼저 떠올린다. 에스트레야 담은 FC 바르셀로나를 후원하는 것으로도 유명한, 140여 년의 전통을 가진 맥주다. 라벨에 커다란 별 하나가 떡하니 자리 잡고 있어 '별 맥주'라고도 불린다. 이 에스트레야 담보다 먼저 바르셀로나에 나타난 것이 모리츠였다. 모리츠가 처음 바르셀로나에 맥주를 선보인 것은 1856년, 에스트레야 담은 그보다 20년 늦은 1876년에 첫 선을 보였다.

내가 찾아갔던 파브리카 모리츠는 모리츠에서 나온 맥주를 종류별로 갖추어 놓은 전문점이었다. 예전에 패브릭 공장이었던 곳을 개조해 펍으로 만들었다. 이곳에서만 직접 살균 양조하는, 이 펍이 아니면 즐길 수 없는 맥주도 있다. 게다가 지하에 내려가면 맥주 만드는 설비를 볼 수 있으니 맥주를 좋아하는 사람들에게는 더없는 장소인 셈이다.

맥주 두 잔과 몇 가지 타파스를 주문했다.

맥주잔이 내 앞에 놓였다. 은은한 금색을 띤 맥주가 잔 속에서 묵직하게 흔들렸다. 한 잔은 부드럽고 달콤하게. 또 한 잔은 쌉쌀하면서도 시원하게. 굵직한 소금이 뿌려진 프레첼의 질깃한 식감도, 오믈렛의 말랑말랑함도 맥주와 잘 어울렸다.

축배를 들 일이 없어도 축배가 들고 싶어지는 파티였다.

혹시 맥주의 쓴 맛이 싫다는 사람에게는 끌라라를 권한다. 맥주에 오렌지나 레몬 맛 음료를 섞은 칵테일 맥주다. 어떤 비율로 섞는지 정해진 것은 없다. 고로 가게마다 비율이 달라, 각자 다른 맛을 자랑한다. 누가 알겠는가. 끌라라에 홀딱 반할지.

바르셀로나에 또 와야 할 좋은 핑계가 하나 늘어날지도 모를
일이다.

다섯 번의 식사와 시에스타

조용해진 거리를 걷는 것도. 낮잠을 자고 일어나 먹는 한 조각의 초콜릿도.

모든 게 너무나도 좋았다.

그래서 생각했다. 시에스타는 없어지면 안 된다고.

바르셀로나에서 머물렀던 숙소는 위치가 좋았다. 고딕 지구 안에 있어서 이른 아침, 오래된 건물과 건물 사이를 누비며 산책을 할 수 있었다. 맛있는 추로스 가게도, 오래된 그림과 책을 파는 서점도, 숙소를 나오면 어디든 있었다. 그리고 그 많은 가게들이, 오후 두 시쯤 되면 문을 닫았다. 그나마 문을 여는 곳은 대로변에 붙어 있는 큰 식당들 정도였다. 골목 안쪽 가게들일수록 망설임 없이 문을 닫았다.

바르셀로나가 잠드는 시간. 시에스타였다.

스페인, 이탈리아 등에서 한낮의 무더위를 피해 낮잠을 자는 풍습이 시에스타다. 나라와 지역마다 시간은 다르다. 6월 초, 바르셀로나는 보통 한 시에서 네 시까지가 낮잠 시간이었다. 바르셀로나 그라시아 같은 큰 도시들은 더 이상 시에스타를 하지 않는다고 말하는 사람들도 있던데. 무슨. 다들 잘 잤다. 공원에서도 자고, 해변에서도 잤다.

스페인에서는 보통 하루 다섯 번의 식사 시간을 가진다.

아침식사는 데사유노desayuno라 부른다. 추로스에 라테 한 잔으로 하루를 달달하게 시작한다. 그리고 오전 열한 시쯤이 되면 샌드위치, 오믈렛 같은 간단한 음식을 먹는다. 이것이 알무에르소almuerzo다. 그러고 나면 드디어 점심식사다. 다섯 끼의 식사 중 가장 푸짐하게 먹는 식사로, 코미다comida라고 부른다. 식당마다 점심시간 한정으로 오늘의 메뉴, '메뉴 델 디아'를 판매한다. 코스 요리를 저렴하게 먹을 수 있기에 여행자에게는 감사한 메뉴이기도 하다.

그리고 잔다. 시에스타다.

낮잠을 자고 나면 배가 좀 출출해진다. 이제 메리엔다merienda라 부르는 간식을 먹을 때다. 초콜릿과 치즈를 빵 한조각과 곁들여 간단하게 허기를 달랜다. 저녁 아홉 시가 넘어 먹을 저녁식사

가벼운
간식타임

Siesta

꿀같은
낮잠

플라멩코

상그리아와
함께하는
저녁

올리브

토마토 빵

튀김이
튀김튀김

짜른 치즈

서민 하몽

세나cena를 기대하며 다시 일을 시작한다. 스페인 사람들은 저녁은 간단히 먹는다는 글을 보고 그렇구나, 했었는데 이유가 있었다. 바와 클럽에서 놀면서 또 먹어야 하니깐. 오후에는 비교적 한산하던 타파스 집이 저녁이면 몹시 혼잡해졌다.

바르셀로나로 떠나기 전, 나는 시에스타의 쓸모를 알지 못했다. 굳이 가게 문까지 닫고 쉴 필요가 있나, 그렇게만 생각했다. 하지만 바르셀로나에 머물며 조금씩 생각이 바뀌었다. 그 시작은 시에스타로 한적해진 고딕 지구 안을 걸어본 후부터다. 곳곳에 잠이 내려앉은 골목은 이상하게도 평온했다.

시에스타는 필요했다. 그것이 강제된 휴식이 아니기에 더욱 그랬다. 우리나라도 여름에 일주일에 한 번이라도, 가장 더운 시간에 사람들이 모두 쉬면 좋겠구나 싶었다.

하루쯤, 나도 시에스타에 동참해보고 싶어졌다.

평소 낮잠을 자는 습관이 없어 잠이 올까 했는데, 스르륵 눈이 감겼다. 두 시간여 후에 눈을 떴다. 방 안은 조용했다. 잠기운이 남은 눈꺼풀을 비비며, 침대 옆에 둔 초콜릿을 한 조각 깨물었다.

아주 짧은 시간 이동을 한 듯만 했다.

납작누른 샌드위치

아침으로
빵 + 커피

11시쯤 간식

주스

달달
아이스크림

푹신 푹신 스페인 오믈렛

크루아상 샌드위치

1시 이후 점심식사

MENU Del Dia

이른바 오늘의 메뉴

곳곳의 식당에서 점심 코스를 저렴하게 제공

MENU día
ENTRANTS
PRINCIPAL
POSTRE

MENU DIA
1) PRICE
2) PRICE
PANI   9.95€

바깥에 오늘의 메뉴를 적어놓음.

전체로 빠에야가 뚝!

크 껍질 + 올리브 오일

맥주

식전빵

스테이크

디저트 커피

닭다리 구이

초코 초코

녹진한 초콜릿을 추로스에 푹!

"소박한 오두막집과 작은 방, 시큼한 양배추와 감자,
행복을 주는 것들."

– 보후밀 흐라발『영국왕을 모셨지』중

3장

체코

Cesky Krumlov

Praha

예민해도 괜찮아

비는 자디잘게 계속해서 내렸다. 우산을 치는 빗소리가 끊이지 않는 것이 다행이었다. 우산을 함께 쓰고 있는 사람이 말을 걸 때마다, 나는 빗소리 때문에 들리지 않은 척을 했다.

비가 오지 않았다면 애당초, 어깨가 닿는 것이 불편한 상대와 한 우산을 쓸 일이 없었을 거다.

체스키크룸로프로 가는 차를 셰어했다. 네 명의 일행 중 검은 바지와 티셔츠를 입은 블랙맨, 그만이 나와 잘 맞지 않았다. 블랙맨이 내게 던진 몇 마디 농담은 내 마음을 불편하게 만들었다. 타인의 습격이 만들어낸 불편함을 참아내야 할 의무는 내게 없다. 블랙맨은 내가 드러낸 불편함을 예민함으로 받아넘겼다.

설마 체스키에 도착하자마자 비가 내릴 줄은, 그와 우산을 함

께 써야 할 줄은 몰랐다. 차에 준비된 우산은 두 개뿐이었다. 일행은 둘로 나뉘었다. 왜 블랙맨이 나와 가는 방향이 같은 걸까. 차라리 비를 맞고 가겠다는 말을 차마 할 수 없었다. '그래도' 우산을 빌려준 사람의 호의가 있는데. 언제나처럼 수많은 '그래도'가 내 입을 막았다.

어색한 침묵 속에 체스키크룸로프의 골목길을 걷고 걸었다. 검은 문에 빨간 판자가 덧대어진 카페의 입구가 나타났다. 나는 우산에서 뛰어나갔다. 꾸벅, 영혼 없는 인사를 건넸다.

웬 걸. 블랙맨은 우산을 접었다. 내 옆으로 쑥 들어와 섰다.

"내가 우산 가져가면 비 맞고 돌아다녀야 되는 거 알죠? 커피 한 잔 사요. 한 몸처럼 다녀줄 테니깐."

불편함을 참고 블랙맨과 함께 차를 마실 것인가, 아니면 '예민한 못된 년'이 될 것인가.

그러니깐 그곳은, 에곤 실레의 카페였다.

오스트리아의 화가. 어머니의 고향을 찾아 체스키크룸로프에 잠시 정착했던 떠돌이. 에곤 실레를 다룬 영화나 책에서 그는 '여성 편력이 있는 괴짜'로 묘사된다. 그가 세상에 받아들여지기 위해 타협하고 견뎠다고 보는 사람은 많지 않은 듯하다.

그렇지만 내가 본 에곤 실레는 섬세했다. 그의 작품이 그랬다.

그런 운명을 타고난 사람들이 있다. 타인이 아무렇지 않게 던

책 사이에 끼워져 있는
메뉴판

둥글처럼
은밀하고

다락방처럼
아늑한

커 커 커
커
피

사 라
피
이

의자가
좋아!

진 한 마디에도 뺨 한 쪽이 계속 긁혀 있는 듯 아픔을 가지고 살아야 하는 사람들이다. 에곤 실레는 수많은 자화상을 남겼는데, 조롱하듯 뒤틀린 웃음을 짓는 표정들이 많다. 에곤 실레는 수많은 자화상에 스스로에 대한 조롱과 이상을 욱여넣어가며 견뎠던 게 아닐까. 그의 자화상을 볼 때마다 그의 입가를 한참이나 바라보게 되었다.

미술도 그렇고 음악도 그렇다. 누구든, 자기 자신의 상황을 투영해 그것을 소비한다. 그러니깐 에곤 실레의 초상화를 보고 있었던 때에, 나는 참고 견디고 있었다는 이야기다. 참지 않는 법을 알아가는 것. 그것이 에곤 실레의 카페를 찾아가보고 싶었던 이유이기도 했다.

그 카페에서조차 참을 이유를 찾을 수가 없었다.

나는 블랙맨과 함께 카페로 내려갔다. 그는 당연하다는 듯 내 맞은편에 앉았다. 커피를 주문했고, 나는 곧장 계산을 했다. 그리고 자리에서 일어났다. 블랙맨과 커피를 남겨두고 카페를 나왔다. 여전히 비는 내리고 있었다.

참느니, 그냥 비를 맞을 때가 나을 때도 있는 거였다.

다시 카페로 돌아왔을 때 블랙맨은 없었다. 따뜻한 커피와 다디단 애플파이. 아늑한 카우치에 등을 기대고 눈을 감았다.

그제야 그곳은, 체스키크룸로프는 온전한 나의 것이 되었다.

자꾸만 생각나는 골목길 간식

하나. 동글동글, 원통 모양으로 말려 있는 뜨르들로.

손끝으로 집어 주욱 찢어낸다. 튀어오를 것만 같은 용수철처럼 구불구불 말린 빵은 달달하고 고소하다. 체코 전통 빵인 굴뚝빵이다. 체코에서만 볼 수 있는 건 아니고, 중앙유럽 이곳저곳에서 많이 먹는다. 18세기 끝 무렵, 헝가리의 은퇴한 장군을 위해 만들었다가 널리 퍼지게 되었다는 설이 가장 일반적이다. 동유럽을 다니다 보면 체코와 헝가리, 오스트리아의 문화가 서로 뒤섞여 있다는 것을 느낄 때가 많다. 역사적인 밀접함이 자연스럽게 생활 속에 녹아들어가 있는 것이다. 그럼에도 세 나라의 분위기는 확연히 다른 것이 신기하다.

굴뚝처럼 생겨서 굴뚝빵. 굴뚝에 숨어서 혼자 먹고 싶을 정도로 맛있다고 해서 굴뚝빵. 혹은 빵을 만들 때의 모습이 굴뚝을 닮아서 굴뚝빵. 둥그런 스틱 주변에 반죽을 돌려가며 붙인 후 굽는다. 설탕이나 시나몬 가루를 뿌려 굽는 경우가 많다.

이 빵은 2007년에 PGI (지리적 표시 보호)에 등록되었다. 특정 지역에서, 전통적인 방법으로 생산되는 음식을 지정해 그 가치를 보존해 나가자는 것이 PGI의 취지다. EU 국가들 사이에 체결된 일종의 인증 제도인 셈이다.

어쨌든 이 빵은 맛있다. 그것만으로 충분하다.

둘. 스보르노스티 중앙 광장의 아이스크림

체코의 오솔길. 체스키크룸로프. 고딕 양식부터 르네상스 양식까지 다양한 건축물들이 보존되어 있는 곳.

그래서일까. 이래도 되는 걸까 싶을 정도로 골목과 골목의 분위기가 달랐다. 색색의 생동감으로 넘쳐흐르는 골목을 빠져나가면 고즈넉한 공기가 밀려들어왔다. 조용한 발걸음을 옮기다 보면, 맞잡은 연인들의 손만큼이나 달달한 골목이 수줍게 고개를 내밀었다. 다리를 건너고 언덕길을 오르고 성과 성 사이를 기웃거리다 보면 원래 가려 했던 길에서 벗어나기가 일쑤였다.

그럴 때면 중앙광장이 있다는 게 참 다행이다 싶었다. 어느 골목이든 열에 일곱쯤은 중앙광장으로 연결되었다. 낯선 곳을 헤매다 눈에 익은 곳으로 돌아오는 안정감. 그 안정감은 여행자

에게 착각할 자유를 주었다. 당신이 이곳에 받아들여지고 있다는 착각. 그 착각은 착각이기에 유쾌한 것이었다.

중앙광장 한쪽에 아이스크림을 파는 간이 상점이 있었다. 체스키를 떠나기 직전 그곳에서 아이스크림을 먹었다. 과일을 즉석에서 갈아 만든 아이스크림은 금세 녹았다. 콘을 적시고, 내 손등까지 흘러내렸다. 끈적끈적하면서도 부드러웠다.

체스키크룸로프를 떠나는 시간도 그렇게나 순간이었다. 아쉬운 달콤함. 자꾸만 다시 생각나는 포근함. 아이스크림을 먹을 때마다, 나는 그곳이 그립다.

셋. 체스키크룸로프 성 맞은편 가게의 압착 생강빵.

체스키크룸로프 성에서 예쁜 가게를 발견하고 들어갔다. 꽃을 팔 것만 같은 가게에서 팔고 있던 것은 압착 생강빵이었다. 16세기부터 전해져 내려오는 체코 전통의 방법으로 만든다고 했다. 제법 규모가 있는 가게에 속하는지, 영어와 중국어, 일본어, 한국어까지 다양한 언어로 만들어진 팸플릿도 놓여 있었다. 틀 자체에 그림이 새겨져 있는 방식이라고 했다.

나는 넓적한 판 하나를 덥석 베어 물었다. 이 생강빵에 그려진 그림, 그 그림을 새겨 넣은 사람은 무슨 생각을 했을까.

상상할 수 있게 해주는 음식에서는, 이야기의 맛이 난다.

마을 곳곳에 개성있는 굴뚝빵 가게들

아무것도
안 바른게
제일 좋아요

크다 어쩌낟

생강빵
포장봉투 넘나
귀여우미

CESKY KRUMLOV ORIG

보후밀 씨, 안녕하세요

"체코 하면 무엇이 떠오르시나요?"

나는 바로 대답한다. 맥주요.

금빛으로 빛나는 프라하의 야경보다 무하의 우아한 그림보다도 맥주를 먼저 떠올린 사람이 나뿐만은 아닐 것이다. 라거의 대표주자인 필스너, 씁쓸함이 일품인 코젤, 시원함으로 국민맥주라 불리는 감브리너스 등등. 1인당 최고 맥주 소비량을 자랑하는 만큼 체코의 맥주는 그 종류도 다양하다.

프라하의 야경을 보며, 앞에 맥주를 놓고 앉았다. 체코의 소설가 보후밀 흐라발이 어디선가 걸어 나와 내 앞에 마주 앉아줄 것만 같았다. 프라하에서 마시는 맥주는 그런 착각을 할 수 있게해 준다. 설령 그곳이 공원의 벤치라도 한순간 황금 호랑이 펍에 앉아 있는 것만 같은 착각. 보후밀은 술집에서 들려오는 이야기를 콜라주하는 작가였다. 맥주와 위트를 사랑했던 그라면 이름모를 여행자의 옆자리에도 기꺼이 앉아 함께 술을 마셔주었을 것이다.

프라하 여행에서 만난 행운 중 하나는 호스텔에서 사귄 사람들이었다. 나처럼 "체코 하면?"이라는 질문에 맥주요, 하고 답하는 친구들이었다. 그 친구들 덕분에 다양한 음식을 맥주와 함께 먹어볼 수 있었다.

그 술자리 중 기억에 남는 음식들 몇 가지는 이렇다.

먼저 굴라시. 스튜의 한 종류다. 소고기를 삶아낼 때 흑맥주를 넣기 때문에 소스는 진한 갈색을 띠고, 걸쭉한 것이 특징이다. 우리나라의 장조림처럼 고기가 연해서 먹기 편했다. 절인 양배추와 같이 먹기도 하고, 소스를 빵에 발라 먹기도 한다. 내게 이 굴라시는 최고의 해장 음식이기도 했다. 프랑스의 코코뱅(Coq Au Vin, 와인 속 수탉이라는 뜻. 일종의 닭고기 스튜다)으로 해장을 한 기억이 있는 사람이라면, 체코에 가서는 반드시 굴라시로도 해장을 해보기를 권한다.

굴라시와 비슷한 듯 보이지만 맛은 완전히 다른 음식이 스비치코바다. 소고기에 소스가 곁들여지는 것도, 절인 양배추를 함께 먹는 것도, 부드러운 체코식 빵 크네들리키와 잘 어울리는 것

굴라시
→양파
빠네처럼
빵에 담겨있었다.
여러종류 있다고.
→으깬감자
리즈키
얇은 돈가스
냠
첫날 마늘빵도 이거였나?
타르타르
체코식육회
① 소스를 섞어서
② 바게트에 마늘 문지르고
③ 빵에 육회를 얹어 얌얌

도 굴라시와 비슷하다. 하지만 굴라시와는 소스가 완전히 다르다. 스비치코바는 크림소스를 베이스로 라즈베리 계열의 과일 소스가 섞인다. 그렇기에 새콤하면서도 크리미한 풍미를 낸다. 같이 술을 마시던 체코 친구의 말로는 가장 체코스러운 전통 음식이라고 했다. 하지만 술안주로는 그렇게까지 인기가 많지 않았더란다.

술안주로 인기가 좋았던 건 단연 꼴레뇨였다. 우리나라의 족발, 독일의 슈바인스학세와 비슷한 요리다. 돼지의 무릎부터 발까지를 맥주에 넣고 푹 삶아낸 것이다. 거기에 마늘, 후추 등이 곁들여진다. 술자리에 함께했던 독일인 친구의 말에 의하면, 슈바인스학세만큼 껍질이 바삭하지는 않아서 의외였단다. 한국의 족발과 비교해서는 어땠냐고 물었더니, 식감이 좀 더 단순한 편이라고 답했다. 그 순간 나는 독일의 학세도 먹어보고 싶다고 했고, 독일인 친구는 한국에 가서 족발을 먹어 보고 싶다고 했다. 여행을 와서도 다른 여행을 꿈꾸는 건, 어느 나라의 여행자라도 똑같았다.

그리고 의외로 모두의 사랑을 받았던 안주는 타르타르였다. 체코식 육회다. 기름에 튀긴 빵에 마늘을 갈아 양념하고, 거기에 육회를 올려 먹는 것이다. 나는 몰랐다. 프랑스에도 독일에도, 육회 비슷한 음식이 있다는 것을 말이다. 하지만 다들 마늘을 빵에 직접 갈아 먹는 방식은 신기해했다. 타르타르는 금세 사라졌지만, 술자리는 이어졌다. 그 술자리는, 손짓 발짓을 섞어가며 나누었던 대화는 프라하의 야경만큼이나 멋졌다. 보후밀 씨는 끝내, 꿈속에서도 나타나주지 않았지만 말이다.

스비치코바

오오
진짜
갈리네.

알기잼과
빵과 소스

마늘빵

맥주

마늘이
빵에 발라진
건 줄 알았는데,
생마늘을 빵에 마구
문질러 먹음.

꼴레노

kozel dark
코젤 다크

체고 맥주
맛있어

족발과 비슷。

코젤
kozel

글을 나누어 읽는 시간

내가 카프카 카페에 간다고 말했을 때의 반응은 영 별로였다. 같은 숙소를 쓰고 있던 친구 중 한 명은 내게 다른 카페를 알려 주겠다고 했다. 프라하에 2주째 머물고 있던 친구였다.

"프란츠 카프카를 느끼고 싶다면 그냥 프라하를 걷는 게 더 좋다고. 프라하에는 거기보다 더 맛있는 커피를 파는 곳이 많단 말이야."

그녀의 말이 옳을지도 몰랐다. 게다가 나는 그녀가 좋았다. 그녀와 함께 마시는 커피는 분명 행복의 맛이 날 터였다. 그녀의 권유를 뿌리치기 힘들었다.

그래도 결국, 나는 혼자 카프카 카페에 갔다.

프라하에 '카프카'란 이름이 붙은 카페가 있다는 것을 오래

전에 알았다. 막상 프라하 여행을 준비하면서 보니, 카프카를 내세운 카페가 한두 곳이 아니었다. 어디를 가야 좋을지 알 수 없을 정도였다. 그 정도로 프라하에는 카프카의 흔적이 남아 있는 곳들이 많다.

체코 프라하에서 태어난 독일계 유대인. 프란츠 카프카는 자신의 이름 앞에 붙은 기나긴 수식어들을 어떻게 생각했을까. 카프카의 작품을 읽다 보면 때때로 그와 이야기를 해보고 싶어졌다. 특히나 카프카가 아버지에게 쓴 편지를 모은 『아버지에게 드리는 편지』를 읽다 보면 더욱 그랬다. 소설에 비해 카프카의 솔직한 시점이 직접적으로 드러나 있기 때문일 것이다. 편지 곳곳에서 카프카는 글을 쓰는 것을 직업으로 인정해주지 않았던 아버지에 대한 원망, 좋은 아버지가 되고 싶지만 그럴 수 없을 거라는 두려움을 드러낸다. 결코 길지는 않은 문장에서 뚝뚝, 카프카의 슬픔이 떨어져 내린다.

여행의 모든 초점을 카프카에 맞출 만큼은 아니지만, 하루 반나절쯤 뚝 떼어, 카프카의 흔적을 찾아갈 만큼은 그의 글을 좋아했다. 아니, 어쩌면 그의 책과 함께했던 시간을 사랑했는지도 모르겠다.

카프카의 『변신』을 친구와 함께 나누어 읽던 십대 시절. 책의 가장 앞부분 빈 색지에는 친구와 내 글씨가 함께 어우러졌다. 짧

게 적어 나갔던 글들은 무의미하고 장난스러웠다. 그러나 그 글씨들 사이에 숨어 있는 말들은, 나와 친구만이 읽어낼 수 있는 비밀스러운 이야기였다. 그 말들은 『변신』에 쓰여야만 했다. 나와 친구는 믿었다. 사람이 벌레로 변할 수 있다면, 반대로 더 아름다운 무언가로도 변할 수 있을 것이라고.

누군가와 글을 나누어 읽는다는 것은 그런 걸 거다. 다른 누군가는 재미없고 시시하다고 말하는 문장에서 비슷한 기쁨과 슬픔을 느낄 때. 그 문장이 왜 슬픈지, 각자 자신의 이야기를 뱉어낼 수 있을 때. 별 것 아닌 단어와 단어 사이에 꼭꼭 숨겨놓은 마음의 부스러기를 눈으로 집어내어 상대의 손바닥 안에 부드럽게 올려놓을 때. 그때만은, 눈앞을 가리고 있던 장막 같은 수식어들이 사라진다.

카프카는 그래서, 글을 썼던 것일지도 모르겠다. 글을 쓸 때만은 그저 프란츠 카프카일 수 있었기에 말이다. 낮에는 직장인으로, 저녁에는 글을 썼던 카프카다. 카프카는 낮과 밤, 어느 쪽의 자신을 더 온전한 자신으로 여겼을까.

역시 한 번쯤, 카프카와 이야기를 해보고 싶다.

카프카 카페에 앉아 멍하니, 창문에 새겨진 카프카의 얼굴을 봤다. 그가 살던 집에 앉아, 그가 걷던 거리를 바라보는 기분은 기묘했다. 커피 위 몽글하게 내려앉았던 크림이 녹아 내려갔다.

나는 커피 잔을 비워냈다. 누군가가 그리워졌다. 나는 카페를 나와 숙소의 친구에게 연락을 했다.

　　네가 아침에 말한 카페에 데려가줘.

　　그녀와의 시간은 나를 온전하게 채워주었다.

은쟁반 위
물컵과 은수저

케이크와 커피세트

"그날그날이 가장 좋은 날로 생각하라."

— 헝가리 속담

4장

헝가리

Budapest

씨씨가 사랑한 카페

부다페스트의 겨울은 추웠다. 어깨를 웅크리고 숙소를 나섰다. 뵈뢰슈머르치 광장 한쪽, 하얀 건물로 향했다. 묵직한 문 안으로 들어섰다. 황금빛의 천장과 샹들리에. 검갈색의 묵직한 벨벳 커튼과 붉은색의 의자들. 중세 시대를 옮겨 놓은 듯한 공간이 눈앞에 펼쳐졌다.

1858년에 세워진 유서 깊은 카페. 왕족들의 사랑을 받은 카페. 부다페스트의 황금기를 대표하는 카페. 제르보 카페에 대해 붙는 수식어들이다. 나는 여기에 하나를 덧붙이고 싶다. 다섯 겹의 오리지널 버전, 도보스 토르테를 파는 카페다.

도보스 토르테는 헝가리의 명물 케이크다. 얇은 시트를 한 장 한 장, 따로 구워내서 층마다 버터크림을 바르고, 마지막에는 캐

러멜 아이싱을 입힌다. 이 케이크는 1887년 요제프 도보스가 최초로 만들었다. 요제프는 1906년 은퇴하면서, 부다페스트의 페이스트리조합에 레시피를 기증했다. 그로써 파티시에들은 자유롭게 도보스 토르테를 만들 수 있게 되었고, 그로부터 백여 년이 넘는 시간 동안, 도보스 토르테는 사람들의 사랑을 받게 되었다.

금갈색의 케이크는 아름다웠다. 포크로 한가운데를 조심스럽게 잘랐다. 그 푹신함이라니. 입 안에 한 조각 넣는 순간, 달달한 폭죽이 입 안에서 터졌다.

달달함에 취한 내 눈에, 카페 한쪽에 놓인 조각품이 보였다. 촛불 아래, 긴 머리를 드리우고 있는 여자의 흉상을 보자 떠오르는 사람이 있었다. '씨씨Sisi'란 애칭으로 불렸던 오스트리아의 황후, 엘리자베스 아말리에 오이게네였다.

1992년, 빈에서 뮤지컬 〈엘리자베스〉가 초연되었다. 그때부터 〈엘리자베스〉는 전 세계 10여 개국에서 공연되며 900만이 넘는 관객을 끌어들였다. 이 뮤지컬에서 '내 주인은 나야'라고 노래하는 극 속의 황후가 씨씨다. 자유를 갈망하는 씨씨의 모습은 수많은 사람들의 공감을 이끌어냈다.

씨씨는 여행을 통해 자유를 꿈꿨다. 그중에서도 헝가리를 좋아해, 부다페스트의 별장 궁에서 가장 오랜 시간을 보냈다. 씨씨는 합스부르크 왕가 사람들 중 유일하게 헝가리 사람들의 사랑을 받았다. 어쩌면 헝가리 사람들은 오스트리아를 휘어잡고 있던 대황후, 소피의 미움을 받는 씨씨에게 자신들의 모습을 겹쳐 보았던 것인지도 모른다.

당시 헝가리와 합스부르크 왕가는 우호적인 관계가 아니었다. 합스부르크 왕가의 억압적인 지배에 대항한 독립 운동이 헝가리 전역에서 일어났다. 합스부르크 왕가는 1867년, 헝가리와 화해 협정을 시도했다. 씨씨의 존재는 이 협정이 순탄하게 이루어지도록 해주었다.

씨씨에 대한 헝가리 사람들의 사랑은 '엘리자베스 다리'를 통해 잘 알 수 있다. 부다페스트의 다리들 중, 합스부르크 왕가 일원의 이름이 그대로 붙어 있는 다리는 이것이 유일하다. 합스부르크의 황제였던 프란츠 요제프의 이름이 붙어 있던 다리는 헝가리 독립과 동시에 '자유의 다리'로 이름이 바뀌었다. 반면 '엘리자베스 다리'는 전쟁 중 파괴되어, 복원되었다. 이때 이름을 바꾸자는 논의가 잠깐 일어났지만, 헝가리 사람들의 반대로 무산되었다.

도보스 토르테도, 씨씨도 긴 세월 동안 헝가리의 사랑을 받았다. 케이크와 달리 씨씨는 완벽한 자유를 얻지 못했다. 그러나 지금, 그녀의 이야기는 운명에 힘들어하는 누군가에게 힘이 되어주고 있다. 달콤한 케이크 한 조각만큼의 위로는 노래 안에도

새겨져 있다.

　뮤지컬 〈엘리자베스〉의 씨씨는 말한다. 죽음도 자신을 정복
하지 못한다고.

　나는 케이크의 마지막 한 조각을 입에 넣었다.

여행으로 이끄는 노래

때로는 한 곡의 노래가 사람을 여행으로 이끌기도 한다.

처음으로 부다페스트라는 도시를 알게 되었던 건 영화 때문이었다. 〈글루미 선데이〉. 헝가리의 부다페스트를 배경으로 한 세 남녀의 이야기다. 영화 자체는 내 취향이 아니었다. 하지만 노래는 계속해서 귓가에 맴돌았다. 끊길 듯 끊이지 않고 이어지는 피아노 소리에 어우러지는 목소리. 그 노래는 영화 속 우아한 색조의 도시와 너무나도 잘 어울렸다.

'글루미 선데이'는 1933년 레조 세레스가 작곡한 노래다. 실연의 아픔을 이야기한 이 노래에는 기묘한 수식어들이 붙어 있다. '자살을 부르는 곡' '사랑과 죽음의 노래' 등이다. '글루미 선데이'를 들으면 죽고 싶어진다, '글루미 선데이'를 연주한 오케스트라 전원이 자살했다 등등의 소문이 이 노래에 그런 별명을 붙였다.

이 노래가 발표되었던 1930년대, 헝가리의 자살률은 세계에서 가장 높았다. 헝가리는 1차 세계대전 이후, 독립을 인정받는 대신 국토의 대부분을 빼앗겨야 했다. 막 독립한 유럽의 약소국에게도 대공황의 여파는 불어 닥쳤다. 경기는 침체되었고 청년들은 자신들의 미래가 온통 회색빛이라고 한탄했다.

죽음을 부르는 곡.

어쩌면 사람들은 '글루미 선데이'를 핑계로 삼고 싶었던 것뿐인지도 모른다.

한 달쯤, 하루에도 서너 번씩 '글루미 선데이'를 돌려 들었다. 부다페스트에 가보고 싶다는 마음이 마디와 마디, 음표의 수만큼 쌓여갔다. 그렇기에 동유럽 여행을 계획했을 때, 부다페스트를 일정에 넣는 데 망설임은 없었다. 머물 수 있는 날은 고작 이틀이었다. 꼭 하고 싶은 것만 하자 싶었다.

그중 하나가, 군델 레스토랑에서의 식사였다. 영화 〈글루미 선데이〉에서 안드라스가 피아노를 치고 일로나가 노래하던 곳. 세 사람의 운명이 뒤엉킨 장소.

군델 레스토랑은 1894년 문을 열었다. 긴 역사만큼 세계적으로 알려진 레스토랑이기도 하다. 미슐랭에 실리기도 했고, 요한

바오로 2세, 엘리자베스 여왕도 이곳을 찾았다. 군델 레스토랑의 입구 벽면에는 그 사진들이 빼곡히 장식되어 있었다. 그 사진들 앞에는 창업자인 군델의 흉상이 근엄한 표정으로 서 있다.

그 흉상 옆을 본 순간, 나는 웃고 말았다.

앙증맞은 회색 코끼리 상이 나란히 놓여 있었다. 콧수염을 기른 아저씨 옆에 코끼리라니. 그 부조화만큼 군델 레스토랑에 대한 친근감이 생겨났다. 코끼리가 군델의 상징이라는 걸 안 것은 나중이었다. 어쩐지 버터에도 코끼리가 찍혀 있더라니.

안으로 안내받아 자리에 앉았다. 저녁 코스 중 하나를 주문했다. 호박 수프와 양갈비가 인상적인 식사였다. 통후추를 갈아주던 웨이터는 친절했다. 홀에서는 밴드가 음악을 연주했다. 누군가 '글루미 선데이'를 요청한 모양이었다. 익숙한 음악이 흘러나온 순간, 음식은 그 맛을 더했다. 식당에 앉아 있을, 인사도 나눠본 적 없는 누군가에게 친밀감을 느꼈다.

그렇군요. 당신도 이 음악을 들으러 이곳에 왔군요.

군델 레스토랑은 런치 특선과 저녁 코스의 가격 차이가 상당한 곳이다. 저녁 코스는 런치의 4배 정도되는 가격이다. 그렇다고 점심과 저녁의 음식 퀄리티가 아주 차이 나는 것도 아니다. 큰 차이라면 단 한 가지. 점심에는 식당에 밴드가 없다는 것이다. 즉 군델 레스토랑에 굳이 저녁을 먹으러 온다는 것은, 절반

빵 올라간
호박수프

푸아그라 젤리

에피타이저

셔벗

디저트

메인 양꼬기

쯤은 음악을 들으러 가는 것이라 생각해도 될 일이다.

노래를 핑계로 삼았던 사람들은 그 노래로 다시 살아갈 힘을 얻었다. 여행을 떠나게 만드는 노래는 여행자를 머물게 했다. 그리고 다시, 떠나게 해줄 것이다.

그래서 옛날부터, 여행자는 노래했던 모양이다.

피클처럼 웃다

일정에는 없던 곳이었다. 부다페스트의 중앙시장.

내가 부다페스트에 머물 수 있는 건 이틀뿐이다. 하고 싶은 것만 하자고 마음먹고 왔다. 제르보 카페와 뉴욕 카페에 가기. 군델 레스토랑 가기. 유람선을 타고 야경 보기. 이 세 가지만 하고 떠나도 성공적인 여행이니, 무리하지 말자고.

하지만 막상 오니 욕심이 났다. 욕심보다는, 남들 다 보는 관광지는 가봐야 하는 것 아닐까 하는 조바심에 가까웠다. 고민을 거듭하다 결국 두 시간 워킹 투어를 신청하고 말았다.

하지 말았어야 했다. 워킹 투어는 취향에 맞지 않았다. 아니, 정확히는 투어 가이드와 상성이 맞지 않았다. 미묘한 신경전이 오고간 끝에 지쳐버리고 말았다. 지친 마음으로 군델 레스토랑에 가고 싶지는 않았다. 그렇지만 걷고 걸은지라, 배는 고팠다.

"우리 중앙시장 갈 건데. 같이 가자."

역시나 지친 기색이 역력한 투어 일행이 말을 걸어왔다. 맛있는 게 많다는 거였다. 마다할 이유가 없었다. 지쳤을 때에 더욱더, 맛있는 게 생각나는 법이다.

도나우 강 근처에 자리 잡은 시장 건물을 봤을 때에는 생각도 못 했다. 저기가 시장일 거라고. 기차역이나 관공서가 아닐까 싶었던 곳이었다.

부다페스트의 중앙시장은 19세기에 지어졌다. 1867년, 헝가리가 자치권을 획득한 후부터, 부다페스트로 사람들이 몰려들기 시작했다. 증가한 인구를 감당할 시장이 필요했다. 부다페스트는 건축가 사무 페츠에게 새로운 시장의 설계를 의뢰했다. 네오고딕 양식에 기차역을 모티브로 지어진 이 건물은 그 후에도 두 번의 공사를 견뎌내어야 했다. 한 번은 전쟁 중 폭격으로 무너진 것을 재건했고, 1990년대에 또 한 번의 보수 공사가 이루어졌다. 그 무던한 노력 덕에, 부다페스트의 중앙 시장은 헝가리 최고의 시장이라는 명성을 유지할 수 있었다.

지하 1층, 지상 2층, 총 3층으로 이루어진 중앙시장은 음식의 천국이었다. 각종 과일부터 야채, 고기와 햄 등 싱싱한 재료로 가득한 아래층부터 둘러보기 시작했다.

피클이 웃고 있었다.

통 안에서 갖가지 모양을 뽐내는 피클들이라니. 고추로 만들어진 눈과 파프리카로 만들어진 머리. 동그란 피클은 제법 갖출 것을 다 갖추고 빙긋 웃었다. 그뿐만이 아니었다. 나비 모양으로 곱게 엮어낸 오이 피클도 가득했다. 양과 고양이를 그려 넣은 피클 통 자체도 더없이 아기자기했다.

웃는 모습은 어디에서나 같구나. 한참 동안 웃는 피클을 보고 있다니, 워킹 투어로 지쳤던 마음이 서서히 되살아났다.

피클 가게 옆 건너편, 크레이프 비슷한 것을 팔고 있었다. 헝가리의 전통 간식인 랑고쉬였다. 튀긴 빵 위에, 각종 토핑을 얹어 먹는 것이다. 온갖 재료들 사이로 유독 당당하게 서 있던 것은 바로 누텔라 잼이었다. 이탈리아의 악마의 잼은 부다페스트에서도 그 위세를 뽐내고 있었다.

이 기세라면 밀가루가 있는 곳이라면 어디서든 누텔라를 볼 수 있겠는걸. 누텔라 앤드 바나나. 손으로 가리키니 아저씨는 무표정하게 철판에 밀가루 반죽을 부었다. 누텔라 통을 집어 들더니, 내게 손짓을 해 보였다. 요만큼? 고개를 저었다. 이~만큼? 예스! 아저씨는 누텔라를 듬뿍 바르며 씨익 웃었다.

오기를 잘 했다.

나는 피클처럼 웃었다.

방글 방글

피 글

파이

바로 먹을수 있는

걸음 마음

파프리카 가루

"티, 잼 바른 빵과 함께 마셔요."

– 〈도레미 송〉 가사 중

"사랑은 위장을 통과한다."

– 슬로베니아 속담

5장

오스트리아

Salzburg

슬로베니아

Bled

모차르트 거리의 프레첼

"포토 투게더, 오케이?"

프레첼을 먹고 있었다.

회사 연수로 가게 된 오스트리아. 처음 경험하는 단체 여행은
생각보다 힘들었다. 나를 힘들게 한 것은 두 가지였다. 첫째는
음식. 돈이 있어도 먹고 싶은 것을 살 수가 없었다. 살 시간을 주
지 않았으니깐. 둘째는 역시나 자유 시간이 없으니 가고 싶은 곳
을 마음대로 갈 수 없다는 거였다. 지하철역으로 가다가도 툭 하
면 옆 골목으로 빠지는 사람에게 목표만을 향해 직진하라니. 사
박 오일 일정 중 사흘째가 되던 날, 나는 어떻게든 스트레스를
풀 방법을 찾아야만 했다.

그래서 게트라이데가세에 갔다.

바로 전날은 미라벨 정원에서 다리를 건너, 모차르트의 생가를 보는 일정에 따라 움직여야 했는데, 그러던 중 게트라이데가세의 광장을 스쳐 지났다. 옹기종기 모여선 녹색 차양의 노점상들이 눈에 들어왔다.

아침에 눈을 뜨자마자, 그 녹색이 어른거렸다. 숙소에서 오 분이면 갈 수 있을 거리였고, 집합 시간까지는 한 시간이나 남았다. 얼른 갔다 와야지. 후다닥 옷만 갈아입었다. 떡진 머리를 질끈 묶고 모자를 눌러쓰고 간판거리로 향했다.

게트라이데가세는 간판거리라 불린다. 잘츠부르크의 구시가지 쪽에 위치한 이 거리는 예전에 수공예로 유명세를 떨치던 곳이었다. 장인들은 자신의 가게에 달리는 간판에도 공을 들였다. 글을 아는 사람이 많지 않았던 때였다. 사람들은 간판에 글자 대신 갖가지 그림으로 가게의 특성을 드러내었다. 그 덕에 이 거리는 아름다운 간판으로 치장되었다. 현재 오스트리아 정부는 이 거리를 유지하기 위해, 엄격하게 간판을 규제하고 있다. 간판은 무조건 일층에만 설치할 수 있으며, 반드시 전문가 또는 장인이 만든 것이어야만 한다.

간판거리로 이어지는 광장에는 종종 시장이 열린다. 사람들이 직접 만든 농산물을 가지고 나와 팔기도 하고, 핫도그며 프레첼 등 간단한 음식을 팔기도 한다.

가위, 실 모양
간판이 많음.
예전 수공예로
유명한 거리라서.

프
레
첼

ZARA

곳곳의 노점상들

봉에 멋들어지게 끼워진, 그 먹음직스러운 프레첼! 흘깃 보았을 때부터 결심했다. 반드시 먹고 말리라. 간판거리에 도착하자마자 프레첼을 하나 덥석, 베어 물었다. 프레첼을 먹으며 광장 한가운데 섰다. 서늘한 공기가 기분 좋게 스쳐 지나갔다. 어제는 춥다고 투덜거리기만 했던 날씨가, 다르게 느껴졌다.

깊이 숨을 내쉬었을 때였다. 누군가 내 앞에 섰다. 붉은 곱슬머리 소녀가 내게 카메라를 내밀어 보였다. 사진을 찍어달라는 건가 싶어 받아들었다. 하지만 소녀는 손을 내저었다.

"노. 노. 투게더. 포토 투게더. 오케이?"

"투게더? 나랑 같이 찍자고?"

얼떨떨했다. 좋게 말해 편한, 적나라하게 말하자면 막 자다 일어난 모습이었는데 왜 같이 찍자는 거지? 내 마음을 알 리 없는 소녀는 내 옆에 붙어 서 카메라를 위로 뻗었다. 셀카 모드로 돌아간 카메라 액정에 나와 소녀가 나란히 비쳤다. 소녀가 카메라 버튼을 눌렀다. 찰칵. 얼결에 함께 사진을 찍었다.

"와이 투게더?"

내 질문에 소녀는 활짝 웃으며, 손에 든 것을 내보였다.

"프레첼!"

소녀의 손에는 내가 산 것과 꼭 같은, 노릇노릇 갈색의 프레첼이 들려 있었다.

애플파이는 음악처럼

잘츠부르크에서는 어디서든 커피와 모차르트를 볼 수 있다. 비엔나커피를 멜랑주라고 한다는 건 잘츠부르크 여행 중에 처음 알게 됐다. 거품을 낸 크림이 올려진 커피다. 소복소복, 하얀 눈이 쌓인 듯한 멜랑주의 모습은 어디서든 눈길을 잡아끌었다.

그리고 볼프강 아마데우스 모차르트. 모차르트가 태어난 도시이니만큼 잘츠부르크는 모차르트로 넘쳐흐른다 해도 과언이 아니다. 모차르트 초콜릿, 모차르트 카페, 인형, 술…. 모차르트로 만들어지지 않은 상품을 찾는 편이 더 빠를 것이다. 잘츠부르크를 돌아다니는 하루 동안 포장지에 그려진 모차르트의 실루엣을 외워버릴 정도였다.

연수 마지막 날, 짧은 자유 시간이 주어졌다. 사람들 사이를 빠져나와 거리로 나섰다. 무엇을 할까 하는데 문득, 멜랑주가 떠올랐다. 눈 같은 커피. 그 부드러운 커피를 마셔보고 싶어졌다. 간판거리를 서성이는데 한 카페가 눈에 띄었다.

모차르트 카페.

눈에 익어버린 모차르트 실루엣이 그려진 간판에 이끌리듯 계단을 올라갔다. 멜랑주와 아펠슈트루델을 주문했다.

아펠슈트루델은 터키에 영향을 받은 오스트리아의 전통 애플파이다. '오스트리아에 가면 한 번은 먹어봐야 할 케이크'라고 책에서 읽은 적이 있다. 제법 유명하다는 이야기다. 하지만 큰 기대는 들지 않았다. 내가 좋아하는 케이크에 순위를 매겨 1위부터 하나씩 이야기해보라면 애플파이는 저 아래 50위에 들까 말까였다.

은수저가 얹어진 물컵과 함께 멜랑주가 나왔다. 커피와 물 한 잔이 은접시에 나오는 것이 전통이란다. 물은 커피를 마신 후 입가심을 하기 위한 것이라고, 웨이터가 친절하게 설명해주었다.

그리고 아펠슈트루델.

처음 케이크가 앞에 놓였을 때, 무언가 잘못 나왔다고 생각했다. 요리를 주문한 적이 없는데 뭔가 싶었다. 노란 바닐라 크림이 가득 담긴 접시 한가운데 놓인 애플파이. 두툼한 애플파이는

아펠 슈트루델
Apfelstrudel

페이스트리 + 절인사과
+ 건포도 + 바닐라 크림

커피

초콜릿이
커피옆에

이제껏 내가 본 적 없는 모습이었다. 케이크 한가운데 졸인 사과가 들어가 있었다. 감히 한가운데를 자르기가 죄스러울 정도로 위풍당당한 모습이었다.

'이게 애플파이라니.'

한 조각을 잘랐다. 입에 넣었다. 그리고 또 한 조각, 한 조각. 커다란 케이크가 사라진 것은 순식간이었다. 접시에 남은 소스까지 포크로 싹싹 긁어 털어 넣었다.

'이게 애플파이라니!'

감탄을 반복했다. 이제까지 내가 먹어왔던 애플파이에 배신감을 느꼈다. 새콤한 사과에, 느끼하지 않고 적당히 크리미한 소스, 거기에 바삭한 페이스트리의 식감이 더해졌다. 맛이 뒤섞여 버리는 게 아니라 어우러졌다. 게다가 따뜻한 바닐라 크림은 꼭 수프처럼 이 애플파이라면 한 판도 다 먹을 수 있을 것 같았다. 내 안에서 애플파이의 순위가 단번에 십 위 권으로 치솟았다.

멜랑주 한 모금을 마셨다. 입 안에 남아 있던 단맛이 커피의 쓴쓰름함에 뒤섞여 기분 좋게 넘어갔다. 카페 안에 모차르트의 교향곡이 울려퍼졌다.

음식은 맛있고, 음악은 멋지고. 카페 창밖으로 거리를 내다보며 콧노래를 흥얼거렸다.

그래, 나는 여행 중이었다.

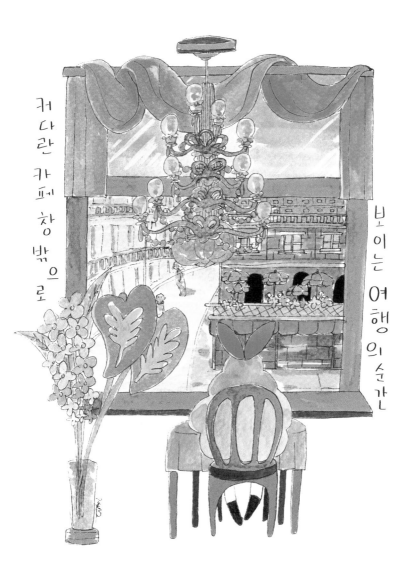

거다란 카페 창밖으로

보이는 여행의 순간

달을 닮은 케이크

블레드 호수를 보고, 사랑에 빠지지 않을 수 있을까.

하늘이 그대로 호수가 된 듯한 색과, 한가운데 떠 있는 자그마한 섬까지.

언제가 한 번쯤 보았으면 했던 풍경이 그곳에 있었다.

슬로베니아의 플리트비체 국립공원이 목표였다. 그래서 블레드 호수에는 큰 기대를 하지 않았다. 플리트비체에서 블레드 호수까지 다섯 시간 가까이 걸린다는 말에, 굳이 갈 필요가 있나 하는 생각까지 했었다. 그러니깐 나는, 슬로베니아에 대해서도 블레드 호수에 대해서도 알지 못했다. 아직 발칸 반도에 대해 관심이 없던 때의 이야기다.

하지만 나는 블레드 호수를 보고 말았다.

블레드 호수는 빙하호다. 알프스 산맥의 빙하에서 녹아내린 물이 모여 호수를 만든 것이다. 블레드 호수 한가운데에는 블레드 섬이 있는데, 섬의 종탑을 울리면 소원이 이루어진다는 전설이 있다.

나룻배를 타고 블레드 섬으로 들어가는 동안, 뱃사공은 콧노래를 불렀다. 슬로베니아의 전통 나룻배인 플레트나로 사람들을 실어 나르는 일은 아버지에서 아들로 이어져 내려가는데, 뱃사공들은 그 전통에 큰 자부심을 가지고 있으며 젊은 뱃사공들 중에는 조정 선수 생활을 하다 가업을 물려받은 사람들도 있다고 했다.

해가 지고 있었다.

하루가 지나기 전까지, 최대한 블레드 호수를 즐기고 싶었다. 하지만 이미 블레드 성도 문을 닫은 시간이었다. 아쉬움에 호숫가를 서성이다 한 레스토랑의 간판을 봤다. 노랑과 하양이 어우러진 케이크 하나만 떡하니 그려진 광고 간판이었다. 호기심이 일었다. 간판을 따라 위로 올라갔다.

레스토랑 겸 카페 카바나 파크가 나왔다.

카페 입구에 레스토랑과 크림 케이크에 대한 설명이 쓰여 있었다. 그곳에 쓰인 말들을 한 줄로 요약하자면 이랬다. '카바나 파크는 슬로베니아의 명물인 크렘슈니테를 처음 내놓은 레스토랑이다.' 전통에 대한 자부심이 꼬불꼬불한 필기체에서 뿜어져 나왔다.

명물 케이크의 원조집이라니 들어가 볼 수밖에. 야외 테이블 좌석이 몇 개 안 남았다는 말에 냉큼 그쪽에 앉겠다고 했다. 그 선택은 훌륭했다. 자리 아래로 블레드 호수가 한눈에 펼쳐졌다. 배를 타고 건너가 봤던 종탑도 건너편에 보였다.

주문한 크렘슈니테가 앞에 놓였다.

크렘슈니테는 두툼한 커스터드 크림 위에 달콤한 크림을 얹고, 바삭한 페이스트리를 겹겹이 올리고, 맨 위에 슈가파우더를 눈처럼 뿌린 것이다. 보기에는 무척이나 달 것 같았는데, 의외로 산뜻한 맛이었다. 다른 종류의 두 가지 크림이 무척 어울리는데다, 중간층을 나누어주는 바삭한 파이지가 심심할 수 있는 식감을 채워주었다.

크렘슈니테와 뜻밖에 궁합이 맞았던 것은 함께 주문한 라스코 맥주였다. 라스코는 슬로베니아 맥주로, 온천수로 만든다. 맛이 순하고 목넘김이 좋아 맥주 애호가들 사이에서 은밀한 호평을 받고 있다고 했다.

원래는 햄버거와 함께 마시려고 주문한 것이었는데, 케이크를 먹다 단번에 한 병을 비우고 말았다.

맥주를 마시는 동안 해는 거의 다 졌다. 호숫가를 물들인 노

크림 케이크

커피

와인과도 어울릴거야
이 케이크는.

국립공원
플리트비체 점심
•••은 이랬다.

플리트비체도
좋았지만
여기 넘 좋아.
다시 오고 싶어!

면 + 스프

스튜

송어구이

을이 완전히 사라질 때까지, 나는 카페에서 일어나지 않았다.

호텔로 돌아오는 길, 블레드 호수 위에는 크렘슈니테의 색을 닮은 달이 떠 있었다.

Park

CAFE KAVARNA

라스코.
온천수로
만든
맥주

햄버거 & 감자튀김

"우리 인생과 닮아 그 속에 사람의 맛이 녹아 들어간다."

– 다구치 마모루, 일본 커피 장인

6장

일본

Osaka

Nagoya

Yufuin

Fukuoka

Tokyo

먹다 죽는 오사카

교토는 입다 죽고 (키다오레, 着倒れ),

고베는 신다 죽고 (하키다오레, 履き倒れ),

도쿄는 보다 죽고 (미다오레, 見倒れ),

오사카는 먹다 죽는다 (쿠이타오레, 食い倒れ)

"맛있는 거 많이 먹고 왔어?"

오사카에 다녀왔다고 했을 때 많이 듣는 질문이다. 오사카를 일본 최고의 미식 도시라고 말하는 사람들도 있다. 그 이미지에는 에도의 오래된 속담, '쿠이타오레'도 한 몫 거들고 있는 듯 보인다. 일본에서도 먹다 죽는 도시라 하는 걸 보면 맛있는 게 많겠지 하고 말이다.

사실 이 말은 오사카에 맛있는 게 많다는 뜻으로 쓰인 것은 아니었다. 오히려 오사카 사람들을 비꼬는 의미로 쓰이기도 했었다. 오사카 사람들은 다리의 말뚝이 쓰러져 집이 망하는데도 음식에 나가는 비용은 줄이지 않는다고 말이다.

같은 관서 지역임에도, 일본 사람들에게 교토와 오사카에 대한 인식은 확연히 다르다. 일본의 드라마나 예능 프로그램을 들여다보면 쉽게 알 수 있다. 교토 출신의 여자는 고풍스럽고 고집 센 아가씨로 그려지는 반면, 오사카 출신의 여자는 억세고 촌스럽게 그려진다.

이는 오사카가 오랜 동안 상업의 중심지였던 것과 무관하지 않다. 일본의 전통적인 계급체계는 조선의 사농공상士農工商 체제와 기본적으로 같았다. 다른 점이라면 최상위 계층이 선비가 아닌 사무라이였던 것뿐이다. 하지만 실상, 일본은 에도 시대 때 이미 상인들의 힘이 다이묘들을 능가하는 추세가 되어가고 있었다. '오사카의 상인이 대노하면 천하의 다이묘들이 벌벌 떤다'는 말까지 있었으니 말이다. 어찌 보면 오사카에 대한 타 지역, 특히 도쿄 사람들의 차별은 은근한 자격지심의 발로였을지도 모르겠다.

오사카를 '미식 도시'라 부르는 것에는 고개를 갸웃하게 된다. 일본에서 미식 도시를 꼽으라면 대부분 홋카이도 지역을 꼽지 않을까. 도쿄 백화점에서는 종종 미식을 테마로 한 특별전이 열린다. 그곳에서 오사카 음식을 찾아보기란 쉽지 않다. 미식의 전당에 오르는 것은 홋카이도의 신선한 해산물들, 고베와 교토의 소고기들이다.

그러나 분명한 것. 오사카는 미식 도시는 아닐지 몰라도, 가장 버라이어티한 음식 도시임은 맞다. '천하의 부엌' 오사카의 별명은 지금도 유효하다.

에도 막부는 팔백팔교라 불릴 정도로 오사카에 많은 다리와 수로를 만들었다. 요즘처럼 육로 교통이 발달하지 않은 과거에는, 물길이 있는 곳에는 물류가 모여들었다. 오사카는 경제, 상업의 중심지가 되었다. 개항기 때에는 항구 도시와 가까운 이점 때문에 서양의 음식을 빠르게 받아들이기도 했다. 때문에 오사카에는 가이세키, 샤브샤브 등 본격 요리부터 길에서 쉽게 먹을 수 있는 간식거리까지 다양한 음식들이 발달했다. 그뿐인가. 오사카는 새로운 음식이 만들어지기에 더없이 좋은 곳이었다. 전국에서 사람들이 모여들었으니깐. 오사카의 상인들은 전국에서 온 사람들의 말을 듣고, 신기하다 싶은 것이 있으면 실험해보기를 주저하지 않았다. 그렇게 해서 만들어진 오사카의 대표 명물이 타코야키다.

'쿠이타오레'라는 말은 이제는 오사카를 자랑하는 말이 되었

다. 내가 본 오사카는 그런 도시였다. 단점도 많고 시끌시끌한 도시. 하지만 그것마저 장점으로 만들어내는 도시. 친구와 수다를 떨며 술 한 잔을 나누고 싶어지는 도시.

그 때문이었을까. 오사카에 갈 때면 늘 누군가와 함께 있었다. 누군가와 밥을 먹고 싶어지도록 만드는 활기가, 그곳에는 있었다.

타코야키

센베이+타코야키

닭튀김

今年の
とりカツ

551 HoRAI

하라이 만두

언재나

맥주

손에 남은 온기를 쥐고

지갑이 없어졌다.

방금까지 모든 게 좋았다. 덴덴타운에 가던 중이었다. 점심 때가 되어가니 배가 고팠다. 가는 길에 구로몬 시장이 있었다. 잠깐 들러서 점심이라도 먹고 갈까. 시장 안으로 들어갔다. 시장 한쪽에 위치한 장어덮밥집은 양도, 가격도 부담스럽지 않게 딱 좋았다. 밥을 먹고 나오니 원두를 파는 가게가 있었다. 입가심으로 커피 한 잔을 주문하고, 지갑을 꺼내려 했다.

그런데 지갑이 없었다.

가방 곳곳을 아무리 살펴봐도 마찬가지였다. 순간 가슴이 덜컹 내려앉았다. 지갑에 든 돈이야 얼마 되지 않고, 카드는 정지시키면 된다. 머리로는 애써 침착하게 생각해도 당장의 충격에 가슴은 계속 두근거렸다.

그때 누군가 헐레벌떡 달려와 내 앞에 섰다.

"이거 놓고 갔어."

장어덮밥집 주인아주머니였다. 아주머니의 손에 들린 내 지갑이 보였다. 주인아주머니는 앞치마를 두르고, 머릿수건까지 그대로 쓴 채였다.

"멀리 안 가서 다행이네."

그러고는 내 손에 지갑을 쥐어주었다. 그제야 정신이 돌아왔다. 나는 황급히 아주머니를 향해 허리를 숙였다.

"감사합니다!"

"천만에. 여행 잘 해요."

아주머니는 총총걸음으로 사라지셨다. 점심시간대라 바쁘셨을 텐데. 지갑을 찾아주러 일부러 나오다니. 그 뒷모습이 너무나도 사랑스러웠다. 저런 사람이 있는 시장을 그냥 나가고 싶지 않아졌다.

구로몬 시장 구경을 시작했다.

구로몬 시장이 정식 시장이 된 것은 메이지 35년, 1902년이었다. 백 년이 넘은 역사를 가지고 있는 셈이다. 일본의 문호 중 한 명인 오다 사쿠노스케의 소설 『부부 단팥죽』에도 구로몬 시장이 나온다. 따뜻하고 좋은 냄새가 물씬 나는 골목. 오다 사쿠

관자와

구이 구지 찌?

짜꾸미

무와 곱창볶음

시장안쪽
장어덮밥집

오-뎅

병아리 모양 머핀

혼빵맨 빵

딸기 찹쌀떡

토토로가 서있는 빵집

언덕커피 집

요번소바!?

밖에서

바로 내려줌

本日の珈琲

노스케는 구로몬 시장을 그렇게 표현했다.

구로몬 시장은 규모가 크진 않다. 아케이드 아래 자리 잡고 있는 시장에는 현지인들과 여행객들이 뒤섞여 북적거렸다. 식재료를 파는 가게들과 반찬 가게들이 주를 이룬다. 숙소로 돌아가는 길이었다면 몇 종류 사갔을 텐데. 반찬들을 보며 입맛을 다셨다.

즉석에서 먹을 수 있는 가리비 꼬치와 주스를 하나씩 손에 들었다. 기념품을 파는 가게를 서성거렸다. 벚꽃무늬 손수건과 아기자기한 장식이 달린 머리핀을 샀다.

시장의 골목 끝, 토토로가 서 있었다. 고소한 빵 냄새가 토토로 주변을 맴돌았다. 배는 이미 빵빵한데도 냄새에 이끌려 빵집에 들어갔다. 작은 빵집 안은 따뜻한 기운으로 가득했다. 작은 샌드위치와 토토로를 닮은 빵을 샀다. 손에 옮겨 온 빵의 온기. 지갑을 전해주던 아주머니의 손도 그렇게 따뜻했다.

아마 나는 이 시장을 잊지 못할 것이다.

가지각색 나고야 모닝의 매력

아침 아홉 시 반. 따뜻한 블렌드 커피가 내 앞에 놓였다. 모닝 커피는 필수지. 우아하게 들어 한 모금 마셨다. 그러면서도 시선은 탁자에 놓인 바구니로 쏠렸다.

바삭하게 구운 토스트와 샐러드. 거기에 삶은 달걀까지.

푸짐한 한 상이 차려졌다.

내가 나고야 여행을 간다고 했을 때, 친구가 말했다.

"꼭 모닝Morning을 먹고 와."

나고야에서 2년쯤 살다온 친구였다. 고등학교 때부터 친구이니, 나고야에 대해서도, 나에 대해서도 잘 안다. 귀는 얇고, 먹는 걸 좋아하는 나다. 게다가 아침 일찍 일어나버렸다. 그래서 쫄래쫄래, 아침 산책 겸 모닝을 먹으러 나갔다. 마침 숙소에서 걸어서 5분 거리에 '코메다 커피'가 있었다. 나고야에서는 모닝으로 제일 유명한 가게라며, 친구가 추천해준 곳이었다.

음료수 한 잔을 주문하면 토스트에 곁들임 하나가 딸려 나오는 것이 코메다의 모닝이다. 딸려 나오는 것은 삶은 달걀, 달걀 샐러드, 팥 셋 중에 고를 수 있다. 200엔을 더 내면 미니 샐러드를 추가할 수도 있다.

코메다 커피의 토스트는 식빵 두 장을 겹쳐놓은 듯 두툼했다. 이렇게 두툼한 토스트라니. 샌드위치를 만들라는 계시구나 싶었다. 톡톡. 삶은 달걀에 노크를 했다. 껍질을 단번에 벗겨냈다. 미니 샐러드에 달걀을 으깨어 섞었다. 자체 제작, 채소 듬뿍 달걀 샐러드 완성이다. 노릇하게 구워진 토스트의 한가운데를 갈랐다. 그 속에 샐러드를 채워 넣었다.

완벽한 샌드위치가 되었다.

'과연. 그래서 모닝을 꼭 먹으라고 했던 거구나.'

나는 아침을 많이 먹는다. 아침이 든든하지 않으면 하루가 시작되지 않는다. 학생 때부터 그렇게 외쳐왔다. 친구가 나고야의 수많은 음식들 중, 모닝을 콕 집어 이야기했던 것이 단번에 이해되었다. 모닝. 이른바 카페의 아침 식사. 카페 문화가 발달한 일본에서 아침 메뉴를 찾기란 어려운 일이 아니다. 그럼에도 나고야의 모닝이 유명한 것은 '덤'을 준다는 것 때문일 것이다. 일본

굿모닝, 모닝세트.

소박한 향의 커피

서걱

샐러드에 달걀선

빵에 발라 있크림

폭신폭신 달콤달콤

가득한 파르페 커피는

그 자체가 참 좋다

커피는 겁나캉

에선 술집의 기본 안주인 오토시에도 금액이 붙는다. 그런 문화에 익숙하다 해도, 가끔은 넉넉한 인심이 그리워지지 않을까. 나고야의 모닝이 파는 것은 인심 그 자체인 듯 보였다.

'모닝 하면 나고야'라고 말하지만 사실 모닝의 시작은 인근 도시인 이치노미야였다. 1897년에 이치노미야의 한 카페에서 삶은 달걀과 땅콩을 커피와 함께 내준 것이 시초였다. 그것이 나고야에서 유행하게 된 것은, 나고야의 아침이 바빴기 때문이다. 맞벌이 비중이 높은 나고야에서 아침 식사를 책임져주는 카페는 인기를 얻을 수밖에 없었다. 2015년 한 조사에 의하면 나고야에는 4천여 개의 카페에서 모닝을 제공한다고 한다. 모닝의 형태도 다양하다. 나고야의 명물인 오구라 토스트를 제공하는 곳부터 죽과 샐러드를 주는 곳, 아예 빵 뷔페를 제공하는 곳도 있다.

내 자리 맞은편, 노신사가 신문을 보고 있었다. 가게 한쪽에 신문과 잡지가 놓여 있었다. 가장 위에 여행책자 〈루루부〉가 보였다. 집어 들고 와 펼쳤다. 펄럭펄럭 넘겼다. 눈에 번쩍 뜨는 제목이 눈에 들어왔다.

나고야 모닝의 성지. 나고야 역.

다음날, 나는 나고야 역으로 향했다.

나고야 메시 이야기

어느 저녁, 일본 예능 프로그램을 보고 있었다. 그날의 주제는 나고야 메시. 그때까지 나고야에 별 관심이 없던 내게는 생소한 타이틀이었다. 나고야는 어디 있는 도시야. 그런 마음으로 보기 시작했다.

그런데 웬걸. 나는 점점 화면 안으로 빨려 들어갔다.

프로그램에 나온 음식들은 나고야란 도시만큼 생소했다. 된장 국물에 담겨 있는 우동 면. 보기에도 달달해 보이는 된장 돈가스. 맑은 국물에 담겨 있는 면은 그 굵기가 흔히 보는 면의 서너 배는 되어 보였다. 침이 꼴깍 넘어갔다. 나고야의 음식들은 생소한 만큼 맛있어 보였다.

다음 휴가 때, 나는 나고야 행 비행기 표를 끊었다.

나고야 메시에 대한 몇 가지 이야기를 먼저 하자면 이렇다. 참고로 이것들은 모두 나고야 서점 한쪽에 서서 본 책의 내용들이다. 나고야 서점에는 나고야 여행 코너가 따로 있다. 그중에서 나고야 메시에 대한 책을 찾는 것은 어려운 일이 아니었다. 워낙이 책 저 책 들썩들썩거렸던 탓에 정확히 어느 책에서 본 것인지 콕 집어 말할 수 없는 없다. 하지만 그중에서도 기억에 남는 한 권을 추천한다면, 단연 오오타케 토시유키의 책이다.

　나고야 메시 이야기 하나.

　'나고야 메시'는 이제는 일본에서도 흔히 쓰이는 말이다. 일본의 각종 미디어에서 나고야 음식을 다룬 덕에 나고야는 이젠 B급 구루메의 성지가 되었다. 나고야 음식의 특징은 맛이 진하고, 독특한 조합이 많다는 것이다. 대만에는 없는 대만식 라면이 나고야에는 있다.

　그런데 이 나고야 메시라는 말은, 사실 나고야에서 만들어진 것이 아니다. '나고야 메시'라는 말을 만들어낸 것은 도쿄의 한 정보지였다. 2001년, 도쿄에 나고야 된장 쿠시카츠 식당이 문을 열었다. 이 식당을 취재했던 잡지사에서 '나고야 메시'라는 말로 특색을 어필한 것이 대유행이 된 것이다.

　본인들이 만든 것이 아닌 만큼, 나고야 지역 사람들이 '나고야 메시'라는 말을 받아들이기까지 진통도 있었다. 나고야 사람들 입장에서야 각자 다 다른 개성 있는 음식들인데 그것이 '나고야 메시'라는 말로 묶여버리니 불만이 생길 만도 했다. 결국 나고야 사람들이 '나고야 메시'를 받아들이게 된 이유는 간단했다. 그쪽이 홍보에 좋으니깐. 이제는 '나고야 메시'라는 말은 완전히 정착되어, 일본 어디에서든 쓰이고 있다. 물론 나고야에서도.

나고야 메시 이야기 둘.

나고야 음식의 진한 맛은 적된장에서 온다. 일본에서 보편적으로 쓰는 된장은 쌀로 만든 시로미소인데, 나고야에서는 콩된장인 아카미소를 쓴다. 아카미소는 한국 된장 맛과 비슷하지만 좀 더 달달하다. 나고야는 이 적된장을 정말로 사랑한다. 된장우동, 된장전골, 된장을 양념으로 바른 꼬치, 된장돈가스까지. 갖가지 요리에 된장으로 만든 소스를 사용한다.

나고야 메시 중, 나고야 사람들이 절대적으로 지지하는 것은 된장우동이다. 2015년에 한 잡지에서 나고야 사람들을 상대로 설문조사를 했다. 그 결과 '일상적으로 먹고 있는 나고야 메시'와 '나고야 사람에게 가장 인기 있는 나고야 메시' 두 부분에서 된장우동이 1위를 차지했다. '남에게 소개해주고 싶은 나고야

큰 그릇의 장어덮밥을 4등분 o

① 그냥 먹고

② 고명 층, 향대료 올려먹고

③ 찻물부어서 오챠즈케로

④ 제일 맛있었던 방법으로!

메시'에서는 2위였다. 1위는 장어덮밥, 히츠마부시였다. 장어를 이기지는 못했지만 2관왕을 차지한 것이다.

나고야 메시에 대해 궁금했던 것들도 해결되었겠다, 이젠 맛을 볼 차례였다. 나고야에 도착한 첫 날, 이미 저녁이었다. 저녁부터 장어를 먹기는 부담스럽다. 그렇다면 된장우동이다. 나는 사카에 거리로 나갔다. 야마모토야 혼텐. 오오에도 말기부터 이어져온 가게라 했다.

된장우동이 나왔다. 검은 돌 냄비 안에서 보글보글 끓고 있었다.

면은 약간 딱딱했다. 쫄깃하고 술술 넘어가는 면은 아니지만 씹는 식감이 있었다. 거기에 걸쭉하고 달달한, 뜨끈한 국물이 어우러졌다. 한가운데 동동 띄워진 달걀의 노른자를 툭 터뜨려 후루룩 국물과 함께 삼켰다. 한 그릇을 금세 뚝딱 해치웠다.

나는 조용히 손을 들어, 점원을 불렀다.

"밥 한 공기 부탁합니다."

된장과 밥은 어울린다.

그건 어느 낯선 음식이라도 마찬가지다.

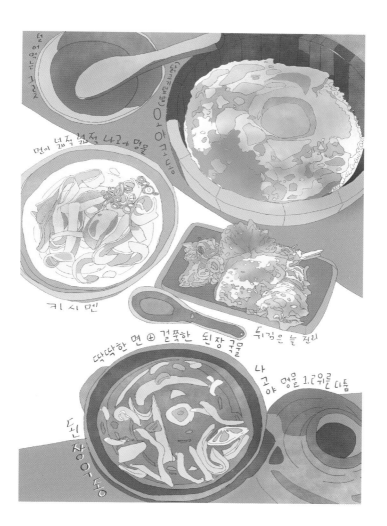

달아있는 국물

(쫄깃한밀가루)야끼소바

면이 넓적넓적 나고야 명물

키시멘

튀김은 늘 진리

딱딱한 면 ⊕ 걸쭉한 된장 국물

나고야 명물 1.2위를 다툼

된장야끼

작은 열차는 사라졌어도

작은 열차를 탔었다.

토롯코TORO-Q 열차다. 유후인에서다. 창문은 없고 위는 아치형인 작은 녹색 열차는 꼭 놀이기구 같았다. 유후인 역에서 미나미유후인 역까지, 십여 분의 짧은 거리를 다니는 열차였다. 그때 내 손에는 롤케이크가 들려 있었다. 창밖으로 지나가는 초록색 숲을 바라보며 케이크를 먹었다. 가게에서 포크를 받아오는 걸 잊어버려서 손에 들고 우걱우걱 뜯어 먹었다. 내가 유후인을 처음 찾았던, 2007년의 기억이다.

5년 가까이 지나 유후인을 다시 가게 되었을 때, 가장 먼저 떠오른 것은 토롯코 열차였다. 다시 그 열차를 탈 수 있다는 생각에 신이 났다. 그 토롯코가 2009년에 운행을 종료했다는 건 유후인에 도착하고 나서야 알았다. 기차 노후화가 이유라고 했다.

허탈했다. 게다가 더웠다. 함께 온 친구와 일정을 상의해봤지만 확 끌리는 것이 없었다. 일단 긴린 호수까지 걸어가 보기로 했다.

어슬렁어슬렁, 어슬렁어슬렁. 의욕 없는 발길을 옮겼다.

유후인은 일본 오이타 현에 있는 온천 마을이다. 후쿠오카에서는 기차로 두 시간 정도 걸린다. 온천으로 유명한데다 마을이 아기자기한 매력이 있어 인기가 많은 여행지다. 오랜만에 다시 찾은 유후인은 조금은 더 복잡하고, 약간은 더 소란스러운 곳이 되어 있었다. 그래도 하천을 따라 이어지는 길은 여전히 정겨웠다.

긴린 호수로 향하기 전, 상점가가 나타났다. 롤케이크 전문점, B-스피크B-Speak 앞에는 여전히 줄이 길었다. 유명하다는 고로케 집 앞도 마찬가지였다. 머뭇거리다 지나쳤다. 토롯코를 다시 타겠다는 기대가 너무 컸던 탓일까. 아무래도 흥이 돌아오지 않았다.

"카페에서 잠깐 쉬자. 나, 가보고 싶은 곳이 있거든."

옆에서 걷던 친구의 말에 순순히 고개를 끄덕였다. 나는 앞장선 친구의 뒤를 따라갔다. 친구는 상점가의 메인 거리를 벗어나,

조금 바깥쪽으로 향했다. 하얀 카페가 나타났다.

어쩐지 눈에 익는데. 나는 카페 문을 열고 들어가며 주변을 둘레둘레 살폈다.

"여기 라테 아트가 진짜 귀엽대. 직접 그려볼 수 있는 것도 있다더라."

자리를 잡고 앉아 음료를 주문했다. 라테 아트 메뉴가 따로 있었다. 나오는 그림은 랜덤. 시간이 조금 걸릴 수도 있다는 설명도 친절하게 쓰여 있었다. 음료가 나오기를 기다리는 동안에도 묘한 기시감은 사라지지 않았다. 벽에 걸린 그림 하나가 눈에 들어왔다. 무민이었다.

"핀란드에 사는 녀석이 유후인에도 와 있고. 부지런하다."

그렇게 말한 순간, 불현듯 기억이 떠올랐다. 5년 전에도 나는 이 카페에 왔었다. 그리고 그때도 무민을 보고 비슷한 말을 했었다. 반대편에 앉아 있는 친구만이 다른 사람이었다.

"기분 좀 좋아진 것 같네."

친구가 건넨 말에, 덜컥 미안해졌다. 나와 달리 친구는 유후인이 처음이었다. 나와 친구 앞에 음료가 놓였다. 멋들어진 라테 아트가 그려져 있었다. 예전에는 어설픈 도널드덕이 그려져 나왔던 것이 기억났다.

한번 갔던 여행지는 다시 가지 않는다는 사람도 있다. 더 볼

3D 라테 아트

속차
아이스크림

롤 케이크는 진리

숲 역 속으로. 토롯코

게 뭐 있다고. 그렇게 말하는 사람들이다. 어디든 변한다는 것을, 멈춰 있는 장소는 없다는 것을 모르는 것이다.

카페를 나가 롤케이크를 샀다. 친구와 함께 호숫가에 앉아 나누어 먹었다. 같은 맛에 새로운 추억이 더해졌다.

그러니 나는 언젠가 또 유후인에 갈 것이다.

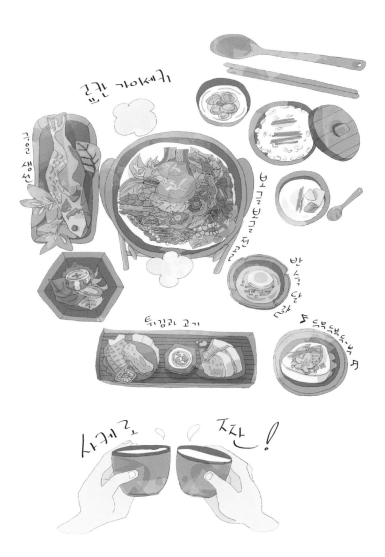

꼬꼬 가이세키

구운 생선

어그프그그어그 그르

반숙 달걀찜

튀김과 고기

두부두부웅부웅

사케로 짜잔!

뱃놀이와 노래, 그리고

강 한가운데에서 배가 부드럽게 흔들렸다. 뱃사공 할아버지의 노랫소리가 바람에 뒤섞였다. 여름 햇살은 무더웠다. 빌려 쓴 삿갓에서는 나무 냄새가 났다.

7월, 야나가와에서의 하루가 그렇게 흘러가고 있었다.

여름의 일본 여행은 더위와의 싸움이다. 나가사키를 가려다 야나가와로 발길을 돌린 것도 그 때문이었다. 무작정 물이 보고 싶었다. 후쿠오카의 덴진 역에서 한 시간 걸리는 거리에 위치한 야나가와는 그 갈증을 풀기에 더없이 좋은 곳이었다.

후쿠오카 남서부에 위치한 야나가와는 운하의 도시, 물의 고향으로 불린다. 야나가와에서는 예전부터 돈코부네라 불리는 쪽배를 이용해 사람과 물건을 실어 날랐다. 자연스럽게 뱃놀이

가 자리 잡게 되었는데, 그것을 카와쿠다리川下り라 부른다. 대나무 장대 하나로 배를 젓는 뱃사공들의 모습은 그야말로 한 폭의 그림이다.

"뱃놀이 인원 모일 때까지 좀 기다려야 해서. 그동안 이층 구경이라도 하구려."

승강장에 도착해 표를 내밀자 나이 지긋한 할머니께서 말씀하셨다. 이층에 뭐가 있기에. 별 기대 없이 계단을 올랐다.

그곳에는 기타하라 하쿠슈의 기념품들이 전시되어 있었다. 정지용과의 교류로도 유명한 일본 시인이다. 기타하라 하쿠슈가 야나가와 출신이라는 걸 그곳에서 알았다.

드디어 배에 올랐다. 여섯 명이 한 배에 탔다. 삿갓과 양산이 한 배에서 어울려졌다. 배가 천천히 미끄러져 나아갔다. 뱃사공 할아버지는 배를 타고 지나는 곳에 대해 설명을 해주었다.

"여기 수로는 에도 시대 때 것이 그대로 남아 있는 것입니다. 이 강을 따라서 기타하라 하쿠슈가 산책을 하기도 했습니다."

뱃사공 할아버지는 앞니가 빠져 있었다. 그 때문인지 약간 발음이 어눌해서 설명을 알아듣는 것이 힘들었다. 하지만 기타하라 하쿠슈라는 이름은 확실히 들었다. 번쩍 손을 들고 기타하라 하쿠슈를 안다고 하니, 할아버지가 반색을 하셨다.

"한국에서 온 아가씨들이 기타하라 하쿠슈를 안다고 하네요.

반갑습니다. 그럼 제가 하쿠슈 선생이 지은 단가 한 수 노래하겠습니다. 비 오는 강가에~ 하얀 꽃잎이~."

할아버지의 노래는 미적지근한 강바람을 시원하게 바꾸어줄 정도로 최고였다.

한 시간 정도 뱃놀이를 마치고 배에서 내렸다. 강가 근처에까지 고소한 냄새가 풍겨 나오고 있었다. 장어 냄새였다.

야나가와는 장어덮밥으로도 유명하다.

다른 지역은 대부분 장어를 구워 양념을 하는 것과 비교해, 후쿠오카의 장어덮밥은 나무틀에 넣어 찌는 방법을 쓴다. 양념된 밥 위에 찐 장어를 올리고, 다시 한 번 양념을 바른 뒤 그 위에 달걀지단을 얹는다. 이 조리법을 쓰면 나무의 향이 장어의 비린내를 잡아주는데다, 장어의 촉촉함이 배가 된다고 한다. 나고야식 장어덮밥처럼 바삭한 식감을 좋아하는 사람들에게는 아쉬울 수 있지만, 도쿄식의 부드러운 장어덮밥을 좋아하는 사람이라면 더없이 만족할 맛이다.

나는 장어라면 어느 쪽이든 대환영이다. 빨간 도시락통 안 가득했던 장어덮밥은 순식간에 사라졌다. 차가운 녹차는 무한 리필. 동그란 얼음도 동동 띄워져 있었다.

아그작. 얼음 하나를 입 안에서 깨물어 넘겼다.

여행의 더위는 그렇게 사그라졌다.

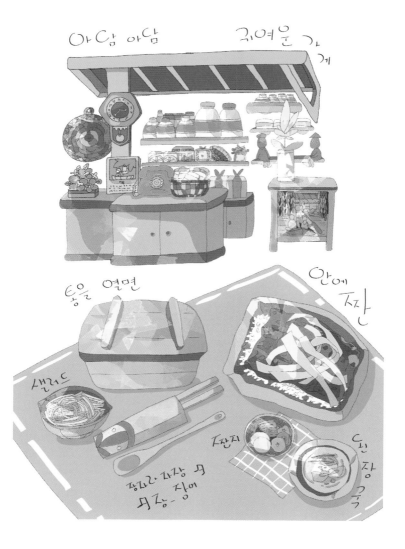

얼음 당충

비비빙수

뿌려먹는
시럽이 따로
나옴

접시 위에
아이스크림

아기자기
장식품들

손수만든빵

직접만든빵

살고 싶은 마을 기치조지

주인공들의 매력 때문에 안 볼 수 없었던 일드가 있다. 〈기치조지만이 살고 싶은 거리입니까?〉. 만화를 원작으로 한 이 드라마의 플롯은 단순하다. 부동산업을 하고 있는 자매가, 손님들에게 딱 어울리는 집을 찾아준다는 것. 이 플롯이 성립할 수 있는 것은 배경이 기치조지이기 때문이다.

일본은 매년 '일본인이 가장 살고 싶어하는 마을' 랭킹을 매긴다. 이 랭킹에서 늘 3위 안에 드는 곳이 기치조지다. 그렇기에 기치조지에 살게 되면 일이 잘 풀릴 거라는 생각을 가지고 부동산을 찾는 사람들에게 자매는 외친다.

"그렇다면 기치조지에 살 필요는 없겠네!"

어쩐지 공감되었던 그 대사. 그렇지만 나는 여행자니깐요. 기치조지에서 놀 필요는 있다고 봅니다. 드라마 속 안도 나츠를 향해 중얼거려 보았다.

기치조지에는 모든 것이 있다. 정리가 잘 된 아케이드 상점가 안에는 고서점과 빵집 들이 있다. 사토우 정육점 앞에는 유명한 멘치카츠를 맛보기 위해 사람들이 긴 줄을 선다.

상점가를 지나 골목을 몇 개 지나쳐, 아이사츠 로드로 들어선다. 이곳은 주택가와 상점가가 어우러진 곳으로 개성 강한 아트숍과 편집숍들이 곳곳에 숨어 있다.

기치조지를 느긋이 산보하기 위한 지도가 필요하다 싶으면 빵집 단디종에 한 번쯤 들러보기를 권한다. 단디종은 컬래버레이션 아트 상품도 판매하는 작은 빵집이다. 때에 따라 다르지만, 손그림이 예쁜 '기치조지 산책 지도'를 배포하곤 한다.

카페를 좋아하는 사람에게도 기치조지는 매력적인 곳이다. 마거릿 호웰 등 브랜드 카페부터 모이MOI 같은 일러스트 카페, 테라스처럼 동네 주민들의 다락방 역할을 하는 카페까지. 카페즈키들은 카페 투어만을 목적으로 기치조지를 찾아온다.

아이사츠 로드를 빠져나와, 이노카시라 공원 쪽으로 향했다. 지하철로 한 정거장이 조금 못 되는 거리에 있는 이노카시라 공원은 기치조지 주민들의 쉼터로 사랑받는 곳이다. 주말이 되면 플리마켓이 열리고, 마술쇼며 버스킹을 하는 사람들이 곳곳에

베이커리 카페
Lindte

라우겐
크로와상

카이젤빵

프레첼을 좋아하는
사람에겐 ♡

보불각은
빵집!

사토우 고로케

육즙이 좍좍

행복의 팬케이크

달달 메이플

폭신 - 폭신

마거릿 호웰 카페

아보카도 샐러드정식

하모니카 요코쵸
카페 오빅
빵맥은

하라
도너츠

YEBA 사랑!

팥 도너츠

레몬 도너츠

서 즐거움을 나누어준다.

이노카시라 공원으로 내려가는 계단 입구로 이어지는 길목에는 갖가지 가게들이 늘어서 있다. 특징이라면 테이크아웃 맥주를 파는 곳이 많다는 것이다. 야키도리를 파는 이세야는 그중에서도 유명하다. 사람들은 이세야에서 닭꼬치 두어 개와 맥주를 사, 공원에 앉아 가벼운 피크닉을 즐기곤 한다.

이노카시라 공원에서 자연을 즐기고 다시 지하철역으로 돌아올 때 즈음에는 해가 저물어 가고 있었다. 그러니 하모니카 요코초로 갈 수밖에. 하모니카 요코초는 하모니카 대로를 중심으로 나카미세 길, 주오 길, 아사히 길, 노렌 길, 쇼와 길의 작은 골목이 서로 연결된 상점가다. 골목 술집가라는 말이 딱 어울리는 곳이다. 스탠딩 바에서 간단한 안주와 맥주로 목을 축이는 사람들부터, 라멘집에 마주 앉아 맥주와 라멘을 즐기는 사람들까지 저녁이 되면 더욱 활발해지는 골목이다.

혼자 하모니카 요코초에 들른다면, 그리고 빵맥을 좋아한다면 노부NOBU를 추천한다. 일층은 빵집, 이층은 카페로 운영되는 곳이다. 종일 빵 뷔페를 제공하며 병맥주를 판매한다.

시원한 맥주가 목을 타고 넘어갔다. 기치조지만이 살고 싶은 동네라면, 글쎄요 아니겠지요. 그렇지만 한 번쯤, 길게 지내고 싶은 매력적인 곳임은 틀림없다.

시타마치에서,
따뜻한 말 한마디

"신호가 바뀌는 동안만이라도, 같이 써요."

양산 아래 얼굴이 웃었다. 보라색 꽃이 그려진 하얀색 양산. 생각지 못한 친절함이었다.

시타마치 산책에 나선 날이었다.

늦은 아침, 아사쿠사 근처에 잡은 숙소를 나왔다. 아사쿠사는 시타마치에서 가장 유명한 지역이다. 가미나리몬에서 호조몬까지 이어지는 300미터의 참배 길을 나카미세라고 하는데, 에도 시대부터 이어진 상점가다. 나는 잠시 나카미세로 들어갔다. 메론 빵 하나를 사 덥석 물고 다시 지하철로 향했다. 오늘의 목적지는 아사쿠사가 아니었다. 야네센이다.

야나카. 네즈. 센다기를 묶어 야네센이라 부른다.

이중 가장 유명한 마을이라면 야나카 긴자일 것이다. 이 마을은 '고양이 마을'이라는 애칭으로도 널리 알려져 있다. 상점가가 침체기를 겪기 시작하자, 도쿄예술대 학생들이 곳곳에 고양이 벽화를 그리기 시작한 것이 시작이었다. 원래부터 길고양이가 많던 동네였다. 그에 맞추어 상점에도 고양이 장식이 늘어났다. 고양이를 모티브로 한 먹거리들도 속속 만들어졌다. 고양이 그림과 상품이 가득한 거리에서 길고양이를 만날 수 있는, 그야말로 고양이 마니아들의 천국과도 같은 마을이 된 것이다. 아쉽게도 방문객이 늘면서 길고양이를 만나기가 쉽지 않게 돼버렸지만 말이다. 내가 빙수 한 그릇을 다 먹고, 고양이 꼬리 도넛을 손에 들고 상점가를 빠져나올 때까지도 고양이는 모습을 드러내지 않았다.

나는 야나카 긴자의 상점가를 지나 센다기 쪽으로 발걸음을 옮겼다.

상점가에 복작이던 사람들은 골목 하나를 지나자 어디론가 사라진 듯 했다. 수국이 핀 골목길은 한적했다. 골목길 곳곳에 작은 카페와 이발소가 숨어 있었다. 집의 담벼락은 낮았다. 창문 밖으로 햇빛에 말리려 널어놓은 이불의 색이 선명했다.

나는 골목을 빠져나와 네즈 신사로 향하는 횡단보도 앞에 섰

다. 6월 말, 도쿄의 햇살은 따가웠다. 양산이든 모자든 가져올걸. 후회를 하며 멍하니 횡단보도 건너편을 봤다. 란도셀ランドセル을 맨 초등학생이 폴짝폴짝, 언제 신호가 바뀌나 기다리는 듯 제자리 뛰기를 하고 있었다.

순간 내 머리 위로 그늘이 드리워졌다.

깜짝 놀라 옆을 봤다. 기모노를 곱게 차려입은 노부인이 서 있었다. 부인의 고운 양산이 내 머리로 내리쬐는 햇볕을 막아주었다. 신호가 바뀌고 길을 건너는 동안, 노부인은 그렇게 자신의 그늘을 나누어주었다. 나와 노부인은 횡단보도를 건너 꾸벅, 서로 목례를 나누었다. 노부인은 상점가의 카페 안으로 사라졌다.

나는 노부인의 뒷모습을 잠시 보다, 다시 걸음을 옮겼다.

시타마치下町. 말하자면 서민 동네다. 에도 시대 때부터 도쿄는 부유층이 사는 동네를 야마노테, 서민들이 사는 동네를 시타마치라 불렀다. 시타마치의 범위에 대해서는 의견이 분분한 면이 있지만 '에도 시대의 모습과 풍물을 간직한 서민적인 곳'으로 생각하는 것이 일반적이다. 도쿄에서 이 '시타마치 여행'이 인기를 끌고 있다고 들었다. 아마존 서점에는 그 말을 증명이라도 하듯, 시타마치 여행에 대한 책도 몇 권이나 나와 있었다. 어떤 곳이기에 인기가 있는 걸까 궁금해졌다. 도쿄에 갈 일이 있으면 하루쯤, 시간을 비워 시타마치 산책을 해보자 생각했었다.

둥글둥글 만쥬들

이안에
딸기잼!➡️

테이크아웃컵이
예쁨

예쁨

커피맛도
응응♥

쿠리킨톤 올라간

몽블랑 파르페 빙수

메론-

팡!

막과자 시리즈

지금도 대인기

구워먹는 유부

고구마맛

밀크볼

별사탕

♪당고
삼형제 ♬

'그렇구나. 다들, 그리워하는 건 비슷한 걸지도 모르겠어.'

네즈 신사로 향하며, 나는 괜히 머리 위로 손차양을 만들어 보았다.

커다란 센 베이

고양이 꼬리도넛

고양이
소프트

얼굴 모양도

있다 냐

앞 뒤

박스 귀여워!

お酒コーナー

직문하면
플라스틱
컵에.

YEB
ス

1本
500

酉

500¥

슈퍼앞@간단술판매코너

의외로
시원!

"백 집의 밥을 먹으면 백 개의 복을 얻는다."

- 중국 속담

7장

중국

Weihai

Beijing

왕푸징 야시장

"서로 골라주는 거 먹는 거다. 못 먹으면 지는 거."

"오케이. 콜."

베이징 왕푸징의 야시장에 들어서는 나와 친구는 더없이 비장했다.

베이징에는 곳곳에 야시장이 있다. 그중에서도 가장 많이 알려진 곳은 왕푸징의 야시장이다. 없는 것이 없다는 곳. 야시장은 왕푸징 거리의 낮과 밤의 풍경을 완전히 뒤바꿔 놓는다.

첫 중국여행이었다. 나와 친구는 내기를 했다. 야시장에서 서로 하나씩 음식을 골라주기로. 골라준 걸 못 먹는 사람이 지는 것이다. 벌칙도 정했다. 중국에서 머무는 동안, 길거리 한곳에서 춤추기였다. 나와 친구는 둘 다 못 봐주는 몸치였고, 그렇기에 더욱 더 내기에 지지 않으리라 결심했다. 나는 사람으로 북적이는 야시장 안으로 들어서자마자, 눈에 불을 켜고 점포를 살펴보기 시작했다.

"…맛있겠는데?"

그 말이 저절로 나왔다.

야시장 어디에서고 자주 보이는 건 맛밤이었다. 커다란 맛밤을 봉지에 푹푹 퍼주는 모습에 이끌려 일단 한 봉지를 샀다. 구운 만두가 내뿜는 냄새도 무시할 수 없었다. 야시장을 한 블록 돌기도 전에 봉지 서너 개가 손에 들렸다.

왕푸징의 야시장은 길이 좁다. 좁은 골목길 사이로 양 옆에 가게들이 다닥다닥 붙어 서 있었다. 골목 위로 설치된 아치형의 장식물에서 드리워진 홍등이 불을 밝혔다. 정신없이 가게를 구경하다 고개를 들 때마다, 그 홍등이 이곳은 중국이라고 말해주는 것만 같았다.

한 블록을 지나 다음 블록에 접어들었을 때였다. 친구가 인상을 썼다.

"이게 무슨 냄새야."

확실히 무언가 생소한 냄새가 났다. 옆을 보니 튀긴 갈색 두부가 있었다. 취두부였다. 두부를 소금에 절여 오랫동안 삭힌 음식이다. 중국에 오기 전부터 '썩은 두부'라 불린다는 건 알고 있었다. 중국 사람들 사이에서도 호불호가 꽤 갈리는 음식이라고 도 했다. 홍어나 청국장이, 잘 먹는 사람과 못 먹는 사람으로 확 갈리듯이 말이다.

슬슬 내기 본능이 고개를 들었다.

취두부로 할까? 청국장 못 먹던데. 아니야. 이건 너무 약하지.

일단 취두부는 보류. 하지만 한 번 먹어보고 싶었기에 한 컵 을 샀다. 친구는 코를 막으며 슬슬 내 옆에서 멀어졌다. 평소 냄 새 안 나는 청국장은 청국장이 아니라고, 부르짖은 나였다. 갈색 취두부쯤, 가뿐히 클리어했다. 취두부는 색이 진할수록 발효가 많이 된 것이라 한다. 내가 먹은 갈색 취두부는, 취두부의 세계 에서는 아기인 셈이다.

결국 나와 친구가 서로에게 골라준 것은 불가사리였다. 둘 다 벌레만은 고르지 말자는 합의 끝에 고른 결과물이었다. 그리고 나는 후회했다. 취두부로 할 걸 그랬다. 친구는 너무나도 망설임 없이 불가사리를 베어 물었다.

"어때?"

"…내 취향은 아니다."

질 수는 없었다. 나도 한 입 베어 물었다. 그러니깐 그건, 오돌 토돌한 스펀지를 먹는 기분이었다. 보기만큼 딱딱하지는 않은 게 의외였다. 생각보다는 먹을 만했다.

귀요미 만두

라임꼬치
아주 달다
아주 짭짤하다

커다란
병우유
야시장의 모든 음식은
큼직큼직

그날 밤, 나는 배탈이 났다.

내기는 무승부였지만, 어쩐지 진 듯한 기분이 들었다.

잠깐 짜증이 나도 여행에서는

어림짐작으로 주문한 만두는 꽤 맛있었다.

중국의 대명절, 국경절을 염두에 두지 않은 채 여행을 떠났다. 국경절은 중국의 건국일이다. 무려 휴일이 일주일이나 이어진다. 이때 베이징은 말 그대로 인산인해다. 긴긴 연휴 기간에 중국의 지방에 살고 있는 사람들도 베이징으로 몰려온다.

인해전술人海戰術. 택시를 타고 천안문에 내린 순간, 이 말을 실감했다. 인력의 수적인 우세로 적을 압도하는 전술이다. 중국에 의해 만들어진 단어다. 광장에 한 발자국 떼기도 힘들게 사람들이 빡빡하게 들어서 있었다.

그러니 유명한 식당들도 사정은 마찬가지였다. 여행책자에 실린 식당들은 더욱 그랬다. 한국이든 중국이든 미디어에 나온

죽과 튀긴빵,
만두와 계란.

묵던대로 들어간
숙소 앞 식당의
조식세트

새우만두

차는 언제나 한 주전자

물만두

단갈①
부추만두

식당을 가보고 싶은 사람들의 마음은 비슷한 모양이다. 설상가상, 사람이 좀 적은 곳을 찾아보려다 길까지 잃었다. 골목과 골목 사이를 헤매다 보니 어느새 식당이 하나도 보이지 않게 되었다. 편한 운동복 차림의 아저씨와 장바구니를 손에 든 아주머니가 나와 친구를 힐끔거렸다. 카메라를 보니 아무래도 여행객인데, 왜 여기에 있는지 모르겠다는 눈빛이었다.

배고픔이 아슬아슬 한계치에 다다랐을 때 빨간 간판이 눈앞에 나타났다. 만두집이었다. 어디서든, 무엇이든 먹자 싶었다. 가게 안으로 들어갔다. 한쪽 탁자에 자리 잡고 앉았다. 탁자 위에 놓인 주문 종이에는 중국어만이 가득했다. 아래 영어라도 좀 써 주지. 손을 들어 점원을 불렀다. 잉글리시 메뉴 플리즈. 그 한마디에 점원은 허둥지둥 안으로 뛰어 들어갔다. 가져다준 영어 메뉴판은 한참을 펼쳐보지 않은 듯 끈적끈적했고 먼지가 내려앉아 있었다. 메뉴판을 가지고 온 점원은 내 앞에서 불안한 듯 위아래로 눈동자를 굴리고 서 있었다. 점원과 나. 서로 마주한 사람들 사이에 오가는 그 어색한 공기. 무엇이라도 빨리 골라야만 할 것 같았다. 메뉴판을 제대로 들여다 볼 새도 없이, 메뉴판 가장 위 사진을 손가락으로 집었다. 함께 마실 차도 가장 위의 것을 가리켰다.

"뭘 막 시키냐."

자스민차 아이스크림

달달한 연유에 찍어먹는 튀긴 꽃빵

잘게 썬 생강

야채와 소스를
노릇노릇 구워진
밀전병에 싸서
오리고기 한점
올리고 호록月

베이징덕

친구가 건너편에서 짜증을 냈다. 예상치 못한 인파를 피하려다 길을 잃고 헤맨 피로, 거기에 배고픔까지 더해진 상태였다. 여행 첫날의 즐거움은 어디론가 사라진 채 나와 친구 사이의 말이 끊겼다. 나는 의자에 등을 대고 앉아 가게 안을 둘러보았다.

어딘가의 체인점일까. 만두 가게는 넓고 깨끗했지만, 개인의 취향이 드러날 만한 인테리어는 아니었다. 벽에 붙은 커다란 액자에 요리사 모자를 쓴, 인상 좋아 보이는 아저씨가 웃고 있는 게 전부였다. 우리나라 '원조 할머니 순댓국' 간판에서 본 것 같은 그림이었다. 가게 안에서 음식을 먹고 있는 사람들은 다들 편한 옷차림이었다. 아이를 옆자리에 앉히고 밥을 떠먹이는 사람, 바쁜 듯 핸드폰으로 전화를 하며 만두를 입에 넣는 사람. 어쩐지 우리나라의 분식집에 앉아 있는 듯한 기분이 들었다. 조금 마음이 편해졌다.

점원이 커다란 접시 하나를 들고 나왔다. 탁자에 놓인 접시에는 물만두가 가득 담겨 있었다. 하나의 크기가 주먹만 했다. 그런 물만두가 열 개 넘게 그득했다.

만두의 산이었다. 나와 친구는 동시에 헉, 놀라 서로를 바라봤다. 그러다 피식 웃었다. 만두 접시가 바닥을 보일 때쯤엔 짜증은 모두 사라졌다.

그때부터가 여행의 시작이었다.

할머니의 사과 사탕

웨이하이의 시골 마을, 웨이웨이魏魏村에 간 건 해초방을 보기 위해서였다. 해초방은 말린 해초로 지붕을 덮는 웨이하이의 전통 건축양식이다. 중국에서 보존을 위해 노력하고 있다지만 곧 사라질 수도 있다는 말에 한 번쯤 꼭 보고 싶었다.

구불구불한 길을 달려 드디어 도착했다. 마을 입구에서 이어지는 긴 밭을 따라 걸어 들어가니 집들이 하나 둘, 모습을 드러냈다. 가장 먼저 보인 건 구멍가게였다. 슈퍼마켓이라고 하기에는 작고 옹색했다. 구멍가게 앞에 앉은 할아버지와 할머니들이 느닷없는 손님들을 향해 손을 흔들어 보였다.

골목길 끝에 자리 잡은 집 앞, 작은 텃밭에 재래식 작두펌프가 있었다. 어릴 적, 할머니의 시골집 마당에 있던 것과 똑같은 것이었다. 나는 할머니집 펌프에서 물을 끌어올리는 데 한 번도 성공한 적이 없었다. 아무리 매달려 온 몸으로 손잡이를 눌러도 물은 나오지 않았다. 나와는 달리 할머니는 서너 번 만에 물을 끌어냈는데 어린 내 눈에, 그건 어떤 마법보다도 멋져 보였다.

슬쩍 펌프의 손잡이를 눌러 보았다. 물은 나오지 않았다. 역시 안 되는구나. 걸음을 돌리려는데 백발이 성성한 할머니가 집 밖으로 나오셨다. 나는 흠칫 굳었다. 혼이 나려나. 어색하게 웃었다. 할머니는 내 쪽으로 지팡이를 짚으며 타박타박 걸어오셨다.

마법이 일어났다.

펌프에서 울컥 솟아오른 물이 텃밭의 흙을 적셨다. 내 입에서 저절로 우와, 소리가 튀어나갔다. 할머니는 의기양양한 표정으로 한 번 더 펌프질을 하셨다. 나는 펌프 끝에서 떨어지는 물에 손을 대 보았다. 시원하고 맑은 물이 내 등을 뻣뻣하게 만들고 있던 긴장을 적셔 나갔다.

물줄기가 멈췄다. 인사를 하고 자리를 떠나려는데, 할머니가 내 손을 잡았다. 그러더니 집 안으로 들어가자는 듯, 손짓을 해 보이셨다. 나는 망설이다 할머니의 뒤를 따라갔다. 망설임 속에는 낯선 사람을 쉽게 따라가서는 안 된다는, 당연한 상식이 있었다. 그래도 할머니의 집 대문 문턱을 넘었던 건, 그때까지도 물방울이 손톱 아래 맺혀 마음을 간질이고 있어서였다.

잠깐 들렀던
다방에서.
거대한 식빵토스트.
카페보다 명칭이
다방이란 곳에있음.

KFC에서의 세트메뉴
돼지고기 덮밥
&
콜라

슈퍼에서
무게로 달아 팔고있던
과자

사탕과도 같았던
작고 빨간
사과들

할머니는 마당 한쪽에 놓인 커다란 포대기를 풀었다. 그러더니 비닐봉지 안에 척척, 포대 안에 든 것을 옮겨 담았다.

사과였다.

할머니는 비닐봉지를 내 품에 쏙 안겼다. 함박웃음을 띤 얼굴로 사과를 베어 먹는 시늉을 해 보였다. 나는 엉겁결에 사과를 품에 안은 채 꾸벅, 허리를 숙였다. 할머니는 내가 입은 옷을 툭툭 건드리며 내 손을 꼭 쥐었다. 그러곤 무언가 말씀하셨다. 나는 중국어를 모른다. 그런데도 할머니가 무슨 말을 하는지 알 것 같았다. 옷을 따뜻하게 입으라는 이야기가 아닐까 싶었다. 목소리 톤과 손짓까지 친할머니가 그렇게 말할 때와 똑같았다. 나중에 중국어를 할 줄 아는 일행분이 오셔서 몇몇 말을 통역해주셨다. 내가 할머니의 손녀딸과 참 많이 닮았다는 거였다. 할머니는 마을 입구까지 마중을 나오셨다. 버스가 떠날 때까지 내내 손을 흔드셨다.

버스에 올라타 마을을 떠날 때 문득 알았다.

할머니가 안겨주었던 사과는 사탕이었다. 우리네 할머니들은 처음 본 아이 손에 사탕을 쥐어주며 반가운 마음을 표현하곤 했다. 변변한 가게가 없는 시골에서, 그 사탕을 사과가 대신했던 거다.

사과 사탕이었다.

거대한
요구르트

해산물이 풍부한 지역이라
생선과 조개는
언제나 한가득

간식이라고 삶아주셨던
접시가득 고구마

삼시세끼 어디에도 빠지지 않는 꿀빵

여행의 선물,
돌아오는 맛

과자와 사탕, 그리고 젤리.

패키지는 예쁜 것이 좋다.

어차피 쓸 데도 없는데 뭘,

그런 말은 필요 없다.

쓸모없고 사랑스러운 것들을 하나 둘 모아 캐리어에 넣는다.

캐리어 한쪽에 달콤함으로 가득 찬다.

여행이 끝나고 집에 돌아와 캐리어를 연다.

여행이 끝나고 일상으로 돌아오는 것은 싫은 일이 아니다.

여행이 여행일 수 있는 건, 돌아올 자리가 있기 때문이니깐.

캐리어를 열어 안을 비운다.

짐을 정리하면, 완전히 집에 돌아왔다는 안도감이 든다.

아쉬움은 빈 캐리어에 차곡차곡 집어넣는다.

다음 여행까지,

아쉬움은 그 안에서 잠들 것이다.

달콤함 것들은 따로, 차곡차곡 쌓아놓는다.

다음 여행을 떠날 수 있게 될 때까지,

여행에서 가져온 것들을 먹는다.

불쑥불쑥, 어디론가 사라지고 싶어질 때.

의미 없는 말들에 지쳐갈 때.

무례함을 무례하다 말하지도 못하는 스스로에게 지쳐갈 때.

그럴 때마다 달콤한 것들을 하나씩 꺼내 입에 넣는다.

여행의 기억을 먹는다.

여행의 끝이다.

또 다른 시작까지의, 기다림이다.

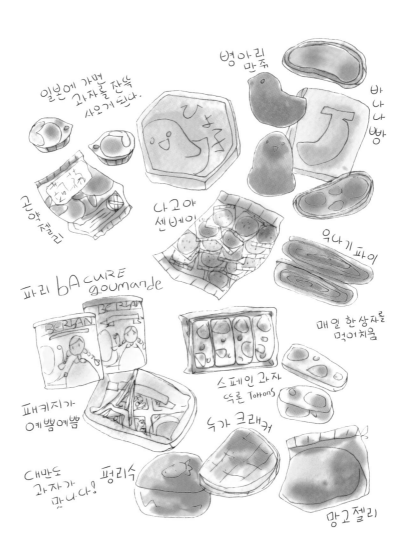

일본에 가면
과자를 잔뜩
사오게 된다.

병아리
만쥬

바나나빵

곤약젤리

나고야
센베이

우나기 파이

파리 bA CUIRE
goumande

매일 한 상자를
먹어치움

스페인 과자
뚜론 Torrons

패키지가
예뻐예뻐

누가 크래커

대만도
과자가
맛나! 펑리수

망고젤리

다음 여행, 다음 만남을 기다립니다.

나중은 영영 안 올지 몰라서

초판 1쇄 인쇄   2019년 1월 10일
1쇄 발행   2019년 1월 20일

지은이 · 그린이   범유진
발행인   정수동
발행처   저녁달
디자인   P.E.N.

출판등록   2017년 1월 17일 제406-2017-000009호
주소   경기도 파주시 책향기로 371, 607-903
전화   02-599-0625
팩스   02-6442-4625
이메일   moon5990625@gmail.com
인스타그램   @moon5990625
ISBN   979-11-89217-02-0   03810

이 도서의 국립중앙도서관 출판예정도서목록(CIP)은 서지정보유통지원시스템 홈페이지
(http://seoji.nl.go.kr)와 국가자료종합목록시스템(http://www.nl.go.kr/kolisnet)에서
이용하실 수 있습니다. (CIP제어번호 : CIP2018041450)